中国民间文艺山花奖

中国民间文艺山花奖（以下简称“山花奖”）是经中宣部批准，由中国文学艺术界联合会和中国民间文艺家协会联合主办的全国性民间文艺奖项。“山花奖”的评选宗旨是坚持“二为”方向和“双百”方针，表彰成绩突出的民间文艺工作者，鼓励多出精品、多出人才，推动优秀民间文艺作品创作生产传播，促进优秀民间艺术人才成长，有力推动中国民间艺术事业繁荣。

山花奖共设4个子项——优秀民间文艺学术著作、优秀民间文学作品、优秀民间艺术表演作品、优秀民间工艺美术作品。

山花奖自1999年开始评选，至2023年已举办了16届，先后推出了一大批优秀人才和优秀作品，为促进我国非物质文化遗产的抢救和保护，推动民间文艺事业的繁荣和发展做出了巨大贡献。

第十六届
中国民间文艺
山花奖集锦

潘鲁生　荣书琴　主编

中国文联出版社

图书在版编目（CIP）数据

正是山花烂漫时. 第十六届中国民间文艺山花奖集锦 / 潘鲁生，荣书琴主编. -- 北京 : 中国文联出版社，2024. 9. -- ISBN 978-7-5190-5606-3

Ⅰ. I217.1

中国国家版本馆 CIP 数据核字第 2024986TN6 号

主　　编　潘鲁生　荣书琴
责任编辑　刘　丰
责任校对　秀点校对
装帧设计　思梵星尚

出版发行　中国文联出版社有限公司
社　　址　北京市朝阳区农展馆南里 10 号　　　邮编　100125
电　　话　010-85923025（发行部）010-85923091（总编室）
经　　销　全国新华书店等
印　　刷　廊坊佰利得印刷有限公司

开　　本　889毫米 × 1194毫米　1/12
印　　张　19
字　　数　114千字
版　　次　2024 年 9月第 1 版第 1 次印刷
定　　价　360.00元

编辑委员会

第十六届中国民间文艺山花奖优秀成果述评

第十六届中国民间文艺山花奖颁奖典礼日前举办，20个优秀民间文艺作品分获优秀民间文艺学术著作、优秀民间文学作品、优秀民间艺术表演作品、优秀民间工艺美术作品等4类奖项。唐代诗人钱起有诗曰："山花照坞复烧溪，树树枝枝尽可迷。"回首上述4类奖项中进入终评的优秀作品，不禁让人产生诗中所描述的感受。本届山花奖所有优秀作品的创作，都经历了从新冠疫情带来的困顿走向"阳光"的历程，心境与往时颇不一样，境界也显得更为坚韧一些。这为我们在回首梳理这一届优秀作品的精神境界、思想内涵和审美趣味时提供了更多的思考。

1

入围本届山花奖优秀民间文艺学术著作子项的著作有40部，其中论及民间艺术的有19种、民间文学的有13种、民俗的有8种。《青州农民画艺术研究》是作者用8个月时间调研和整理资料，再用3个月完成的著述，对青州农民画艺术渊源、形象特征、创作流程等方面做了较为深入的探讨，并针对区域民间美术的可持续发展提出建议。《二十四节气与礼乐文化》一书则依据二十五史和全国各地民俗资料，从礼乐文化的角度研究二十四节气，在民俗学界引发了不错的反响。《潮汕英歌舞研究》结合潮汕地区自然环境、社会变迁、生产生活形态、文化传统，整体研究英歌舞的起源、演变和传承保护等问题。与此相似，《关于广东醒狮传承的社会史考察》则从一个特殊的角度"不安定阶层"来探索广东醒狮从农村到城市的发展，指出武馆与西家行在近代广东社会中扮演着重要文化角色。《家乡民俗学》建立在作者多年学术积累的基础上，对家乡生活文化传统做观察和研究，建立了一种理性层面的研究视角，形成方法论层面的成果。《神话观的民俗实践——稻作哈尼人神话世界的民族志》对云南本土文类"哈尼哈吧"的代际传承和多样性实践做了深入的民族志描述，围绕哈尼族支系型的神话表征系统及其映射的生活世界，做出条分缕析的民俗学勘察，从多方面丰富了神话民族志研究，具有重要的参照价值。值得着力推荐的一批民间文学研究成果，包括《河北民间文艺史》《山西民间文学史》《民间故事资源转化研究》《董永传说在西南的传播与认同》《二十世纪初中国白话文学研究及当代意义》《民间传说景观叙事谱系与景观生产研究：以“白蛇传传说”为考察中心》《民间歌谣与社会记忆（1919—1949）》《羌族史诗说唱传统研究》《河西宝卷研究》《内蒙古民间文艺搜集整理史研究（1947—1966）》《历代梁祝史料辑存》等，体现了自中国民间文学大系出版工程启动以来，学术界对于民间文学系统收集整理和编辑出版工作的自觉性成果。民间文学发展的“史”和“典”的观念也在民间文学工作者心目中逐渐强化，成为共识。其中，《河北民间文艺史》《山西民间文学史》具有代表性，是以省域为空间的民间文艺历史纂述，体现了地方民俗和艺术特色在民间文学发展历程中占据的显著地位。《民间歌谣与社会记忆（1919—1949）》是民间歌谣里一个很独特的门类——红色歌谣的现代发生发展形成硕果的历程研究，作者的学术观点和材料结合得很好，论述从容不迫，具有很强的学术价值。在以民间艺术为研究对象的著作中，《吴罗》是手艺人与作家结合、为民间手艺人立传的范例，将吴罗艺术家李海龙30年来的艺术创作和研究成果结集成册，为吴罗织造技艺的传承发展提供了有力支撑。《林在峩〈砚史〉笺证暨清中前期闽地爱砚家从论》是一部有特色的著作，作者对清代中期闽地砚学家林在峩的著作《砚史》做了细致笺注，辑录了众多文人为之所题的诗文词赋，具有很高的文献价值。《中国蓝印花布文化档案·南通卷》是被纳入中国民间文化遗产抢救工程的项目，研究团队对南通蓝印花布做了认真梳理，记录了23000多件散落在民间的古旧蓝印花布遗存实物，详尽梳理了这一印染工艺在南通的传承脉络。这一著述为该项目在其他区域的整理工作树立了样板。《杨柳青木版年画的戏曲文物价值与戏曲传播价值研究》和《手艺深描——社会转型中杨家埠木版年画的艺术人类学研究》以木版年画的两个重要传承地为研究对象，分别对它们做了延伸研究；《热贡艺术及传承人·唐卡》丛书（汉文版1—4）采用口述的方法，运用静态图像、动态摄像和文本整理等手段，呈现出热贡艺术原生态文化的生命力；《唐卡造像量度美学理论与艺术实践研究》在国内外关于造像量度的研究成果的基础上，对其做了分类系统、象征语言的梳理，并用田野民族志方法与不同历史时期唐卡创作做对照呈现，作者访问了55位不同流派的唐卡画师，创造性地对13世纪至15世纪壁画的造像量度做了测绘，是了不起的成就。

最终获得本届山花奖优秀民间文艺学术著作的是《家乡民俗学》《神话观的民俗实践——稻作哈尼人神话世界的民族志》《中国蓝印花布文化档案·南通卷》和《热贡艺术及传承人·唐卡》丛书（汉文版1—4）共4部作品，这反映了评委们对理论原创和田野工作的充分看重。但是，遗珠之憾还是非常强烈。

2

伴随着当代人文场景的现代性改变，我国的民间文学也发生了结构性变化和体裁进化，新的文学样式激增，民间文学的开放性得到充分的展现，但传统民间文学作品和新故事作品作为民间文学高度成熟的主体形式，依然表现出足够的丰富性。

本届山花奖优秀民间文学作品子项，按照评奖细则进入终评的民间文学作品有10部（种）、新故事作品10篇（册），涉及民间故事、民间传说、歌谣、谚语、史诗、新故事等多种体裁，为近两年优秀民间文学作品的代表。

其中，故事类作品《九江民间故事》丛书共13本，作品延续了中国民间文学三套集成的出版规范和传统，收集资料1000万字，涉及江西省九江市13个区域，是对九江传统民间文学作品的汇总。《棘洪滩民间故事集》是山东省青岛市城阳区棘洪滩街道的故事集，作品137个，计39万字，涉及地方风物、人物、动植物和民俗等分类，是对街道一级民间文学作品的精准保护。这两种散文叙事作品显示了“三套集成”对民间文学收集、整理、编纂产生的持续性社会影响和行为影响。《郏县民间谜语选编》是河南省郏县的作品，通过作者十余年的搜集、整理，差不多囊括了郏县及周边地方谜语的全部精品。《常山喝彩词》是对当地结婚、上梁、祝寿时喝彩歌谣的记录，特点鲜明、文体独特。这两部作品显示出民间文学作品在类别方面的丰富性、地方文化的独特性、传统作品的艺术性，以及传播、传承的稳定性和可靠性，显现出民间文学坚实的人文基础，以及民间文学大众化的文化特点。近年来，广西民间文学作品的出版成绩斐然，不但出成果、出精品，也出有方法论意义的编辑规范，其中“五对照”体例对于诸多国家重点项目的出版具有规范性的意义。进入终评的《凌云排歌》《娅王经诗译注》《雅尼雅嘎赞嘎》《瓦氏夫人抗倭故事歌影印译注》等都是此类作品的优秀代表，科学、严谨、规范，能使这一批具有高度文化、文学价值的作品得以高水平出版，科学选题、精编细校以及精良印制对民族、民间文化的保护、传承、研究、传播都具有良好的作用，对于少数民族文学的保护、传承具有示范性指导意义。

进入终评的新故事作品是山花奖所倡导的主旋律故事的再次汇集。新故事作品集《梨花朵朵开——缪丹新故事选》《天上掉下红苹果》及新故事作品《真正的“风水宝地”》《两家店》《值钱的文物》《穿越时空的明信片》《善报》《韩璹放榜》《纯属意外》等反映出近两年新故事创作的最新成果。入围终评的3部作品集，既反映了新故事作者的创作能力，也反映出来自民间的文学的持续性发展。新故事延续了民间文学文学性传统的同时，也完成了民间文学新时代的创新，即由口头创作、传承到文字创作、传承的演化、进化，为我们正确认知新时代民间文学的发展走向提供了例证。

本届获奖作品《陇南·老山歌》，系采录人杨克栋的个人汇集作品，是作者几十年不懈努力的丰硕成果，采录内容为流行于甘肃陇南、天水和定西地区的传统二句式山歌，计14000余首。作品语言质朴无华、流畅自然，充满乡土气息，采录时间跨度大，所涉生活场景十分广泛，充分反映了当地民众的社会生活、观念、情感、风俗礼仪与历史记忆。作品思想性与艺术性兼备，文学价值、学术研究及文化史料价值均较出众。《大运河·河北民间故事》是作者几十年来带领团队精心编撰的成果，作品记载了大运河河北段沿岸人民的民俗生活和思想情感，是各个村落和个体的口述史和生命史，带有浓郁的运河沿岸文化特色。这本故事集的搜集、整理遵循着严格的科学规范，除了讲述者、采录者、时间和地点等信息外，大部分作品还设有“附记”，以说明讲述场景、相关背景、流传情况等语境要素，并配以丰富的剪纸、照片等插图，可视为科学搜集民间文学的典范作品。新故事获奖作品《箭塔村故事集》的作者是一位普通农民，其日夜劳作、播种、收获，并默默地在文学的田野上耕种。十几年来，作者创作了上百万字的故事，这些故事的情节均来源于作者的生活感受，真实朴实、动人心魄，可谓用自己半生的生活积累，为故事之林增添了光彩。也是从这位作者身上，我们更多地感受到了“故事”改变人生以及“故事”在当代社会发展中所体现的现实意义。

3

进入本届山花奖优秀民间艺术表演作品的子项分别是民歌和广场歌舞两类。从表演过程来看，如何在保持住民间艺术原样的同时，充分融入现代思想内涵、表现时代主题、体现时代精神——解决好“两创”关系——仍然是我们应关注的核心问题。稳妥地处理好传承与创新、遗产保护与创造转化，是评委们遴选优秀作品的基本原则。入围作品中，在满族太平鼓基础上改编的《盛世鼓舞》，表达了祈福纳祥、保平安、庆丰年的美好寓意；《花鼓灯舞出幸福来》改编自怀远花鼓灯，集歌、舞、戏、乐于一体，是融合民间性、竞技性、艺术性和广场性的综合性民间歌舞艺术；《展宏魁》以闽南跳鼓（跳花鼓）为基础，泉州民间把它视为演绎梁山好汉扮演杂耍艺人劫法场救卢俊义的故事，这个民间舞种曾流传在闽台地区，是连接闽台文化血脉的重要因素；《长勺鼓乐》流行于莱芜地区，集多种打击乐器和舞蹈、音乐、技艺于一体，挎鼓和架子鼓混合使用，配以多样变化的阵型，营造出彪悍矫健、粗犷豪放的气氛；《斯玛卓》是西藏日喀则地区流行的一种民间舞蹈，其源头有一个美丽传说；《韩城行鼓》传说起源于元代初期蒙古军队的军鼓乐，逐渐沿袭发展成为地方民间鼓乐，击鼓时仰面朝天，呈骑马蹲裆式，在青铜与皮革的原始撞击下，鼓、镲、锣配以新加入的女舞花杆，刚柔相济，给人以力量和柔美相融的感受。

本届山花奖民歌类入围作品特色突出，《巴林罕山颂》由蒙古族传统器乐演奏和呼麦、长调等唱腔组合而成，这首民歌来源于好来宝大师乌斯夫宝音在20世纪五六十年代广为传唱的好来宝作品。壮族欢哈是流传在广西壮族传统歌圩中的一种多声部民歌演唱形式，《歌路长　情海深》展示了“三月三歌圩”中男女恋爱的场景。《阿依嫫嫫》依据四川省九龙县普米族的婚俗歌谣改编，是民间文艺抢救工作的一大成果。《擀毡调》取材于陕西省吴起县擀毡技艺，由10名歌手分别展示擀毡技艺的主要流程，是以民间文艺形式反映劳动生活的一部典型作品。

最终获得本届山花奖优秀民间艺术表演作品的是《展宏魁》（福建）、《斯玛卓》（西藏）、《歌路长　情海深》（广西）、《阿依嫫嫫》（四川）、《擀毡调》（陕西）。

4

进入山花奖优秀民间工艺美术作品终评的作品有80件，其中雕刻类（包括石雕、玉雕、木雕、贝雕、竹雕、竹根雕、皮雕、核雕、影雕等）作品29件，陶瓷类10件，剪纸9件，刺绣类（苏绣、湘绣、潮绣、蜀绣、台绣等）9件，绘画类9件，另外还有面塑、布艺、彩灯、金属工艺等类别，其中不乏精品力作。例如，内蒙古剪纸艺术家康枝儿的《黄河岸边是故乡》，作者是和林格尔剪纸传承人，已经85岁高龄，她用剪刀表现出一幅极富地域特色、反映内蒙古黄河“几字弯”地域历史文化和当代面貌的艺术作品，融叙述与抒情为一体，剪功简约娴熟，极富神韵。贾玲凤、屈萍的《国家的孩子》以困难时期内蒙古草原牧民收养3000多名1岁至7岁的内地孩子为原型素材，用12幅剪纸表现这些孩子在内蒙古生活的典型场景，饱含着艺术家的深情，表达出草原牧民无微不至的关爱。这两幅剪纸作品具有巨大的思想和情感冲击力。武权的《留给春天的种子》是一幅皮雕剪刻类型的作品，作者用原始皮革为材料，未加着色，剪刻出一组饱含成熟葵花果实的向日葵，向日葵生命虽然已经逝去，但把种子留给来年的春天。古人有“何意百炼刚，化为绕指柔”的诗句，这个作品变皮革的坚韧为凋谢花蕾的柔美、为枝叶的枯软，正是这句诗歌的一个例证。作品一改皮革创作的传统思路，把传统材料、技法和现代生活结合起来，值得嘉许。金吉的《龙凤呈祥舟》是一件珍贝立体贝雕作品，把龙凤合体作为造型，以此表达传统吉祥如意的观念，作品以大连传统贝雕技艺为基础，有所创新，形成立体的艺术作品。金阿山、张义的《深山访友图》是一组贝雕微雕艺术品，作者精雕细刻，在民间艺术习见的材料上表达出颇具文人画的意趣。宋成玲、李俊锐的鱼皮剪纸《寅卯连福》是黑龙江艺术家创作的剪纸与鱼皮结合的作品，利用鱼皮的纹饰粘贴、镂空剪刻、套色、起层，构建出极具冲击力的场面，完全颠覆了鱼皮在民间创作中的材料角色。王丽华的刺绣《法海寺造像》系列以真丝为底料，满绣，取材于法海寺的宫廷壁画水月观音、文殊菩萨、普贤菩萨的画像，真切表现出壁画的质感和沧桑，作者使用平针、乱针、滚针等技法合理处理细节，既表现出壁画的历史沧桑，又体现出刺绣本身的艺术特色。当代刺绣艺术创作非常繁荣，到了一个需要认真加以研究、总结创作经验的时候了。姚悦华、姚兰、姚卓合作的《丝绸之路·西出长安》大气恢宏，作品取材于张骞西出长安凿空西域的题材，绣出了以张骞为主体、众多汉家将士策马驱向不可知的远方的场景，作品色泽设计浓淡层次分明，背景深沉，前路透出光明，表达出乐观向上的信念。张清雷的《辟邪·守护》是一组玉雕，精致而不拘泥，灵动而不放肆。徐凌的陶瓷《海的生长》以流动起伏的线条表现出大海深处的生命成长，作品色泽清雅，形态波涌起伏，融雅致与古朴于一身。黄小明的木雕《胡杨之韵》表现千年胡杨精神，作者用圆韵浮雕的手法刻画出胡杨连绵坚韧、生生不息的生命力，表现出胡杨绵绵不绝的筋骨，很有震撼力。林霞的台绣作品《涌》之所以得到一致的好评，在于她的现代感及绣法不甘守成的创新意识，作者以独创的纤艺立体浮雕手法，突破了台绣原本的半浮雕，突出了高浮雕效果，表现出生命最原初状态的自由和繁衍不息。周桂新、金英萍的一组竹根雕作品《竹艺西游记》灵动出奇，纤毫毕现，表现出《西游记》征途中各种险峻场面。王长坤的《百狮贺岁》采用雅安绿原石雕刻出100个小狮子，形成一个美丽的狮子柱，显示出作者精湛的功底。杨明的《古厝新韵》是一幅难得的寿山石雕刻艺术精品。这一作品整体感好，紧凑集中凝聚了作者所要表现的思想，作品布局颇显心思，细节处理得很周到，门下、窗里、高墙的细节都一一关照到，圆雕、浮雕、镂空等手法的综合使用，构建出一幅极具福建地方民俗特色的风情图。刘文伯的《福州印象之三坊七巷》也是一幅寿山石作品，可能是作者系列作品中的一件。这些年，福建寿山石艺术家在艺术探索中颇费心力，艺术性和思想性有很大的提升和拓展，在表现福建历史文化、民间风俗、杰出人物和革命文化传统等题材的作品中不乏精品力作，这个表现历史文化胜迹的石雕，就融思想性、情感性和艺术性于一体，是不可多得的佳作。沈锦丽、王本鑫的漆线雕作品《春暖花开》（屏风）一组4件，主体画面是髹红漆，漆线雕贴金饰纹，分别展现松鹤迎春、喜鹊登枝、牡丹锦鸡、蝴蝶飞舞、鸳鸯戏水、雀屏盛开等场景，把民间寄寓美好的传统景象集中展示出来，给人以喜庆心怀。田洪波的核雕《那个年代》系列作品，表现了对逝去年代的记忆，使人颇为感慨。钱正财的陶瓷作品《姿态5》值得品味。长沙铜官窑在唐代就具有很大的影响力，它具有海纳百川的胸襟，也具有吸纳消化东西方文化的能力，在烧制技艺方面也颇有高度，最近出现了一批研究者、探索者，钱正财的这一组作品既力求传达铜官窑的传统技艺，又试图传达其用于探索的现代艺术观念和创新精神，很有勇气。江再红的刺绣《千里江山图》取材于同名传世之作，长12米，运用湘绣的多种针法和丝线，表现出原作的瑰丽色泽和宏大气势，是近年来湘绣作品中的佳作。黄溢林、黄伟雄的珠绣屏风《百鹤图》气势宏大，在12幅屏风中设置各种场景，绣出了百只仙鹤，把民间寄寓美好生活的希望充分表现了出来。曾万春、陆汉荣、朱淑平的剪纸新作《潮风百韵·一剪千华》具有很好的整体艺术效果，把崇文重教、仁义礼智信的潮州文化特色浓缩到建筑门楼之中，颇费心力。任晓东的一组大型大漆空间组合《年年岁岁柿柿红》给人以美轮美奂的视觉效果，把人们对美好生活的想象突出表现出来，令人赞叹不已。柏群、王学兵、杨港合作的《韶山》是精工矫嵌屏风，采用金漆镶嵌传统的百宝嵌、彩绘、贴金等工艺制作而成，屏风精选了寿山石、巴林石、青金石、姜黄石、绿冻石、螺钿等天然彩石为原料，以搜、磨、堆、铲、镂、雕等技艺制成了绿树、山石、人物、建筑等，最后镶嵌在漆胎上，工艺繁复，精湛无比。

可以说，入围山花奖终评的民间工艺美术作品件件有可取之处，限于篇幅，本文就不一一评述了。最终获得民间工艺美术优秀作品的是《留给春天的种子》（皮雕）、《潮风百韵·一剪千华》（剪纸）、《古厝新韵》（石雕）、《涌》（刺绣）、《龙凤呈祥舟》（贝雕）、《法海寺造像》系列（刺绣）、《竹艺西游记》（竹根雕）、《那个年代》系列（核雕）。

近年来，民间工艺美术创作非常繁荣，得到业内的高度关注，也在社会上产生了巨大影响；参加山花奖评奖的著名艺术家越来越多，提供的作品越来越好。一些著名艺术家如刺绣艺术家姚建萍、木雕艺术家郑春辉、蓝印花布艺术家吴元新等人的作品频频现身于国家级重大活动，受到国内外高度好评和广泛关注。当然，包括国家各级非物质文化遗产，以及我们人民大众的日常生活技艺，其艺术的创新创作同样得到普遍的好评。在这一良好的创作环境下，我们也看到民间工艺美术创作领域出现一些值得深思的问题。例如，创作作品型制倾向于巨型制作，一些类别动辄数十幅、上百米的作品体量，有的作品重量达十吨、几十吨，这个创作方向值得注意。须知，民间文艺主要源自人民群众的日用生活，在审美上，这些巨型制作已经与日常生活的趣味拉开了距离。又如民间工艺美术创作与其他艺术门类的关系问题。这些年来，在一些民间工艺美术门类中出现了借鉴绘画的现象，特别是历代名画，也有借鉴摄影、壁画、佛像雕刻的现象，在刺绣、陶瓷等领域这一现象比较普遍。艺术门类之间的相互借鉴在艺术史上是常见的现象，还往往创作出具有突破性质的杰作，但在原则上，“借鉴”应充分体现本门艺术自身的技法特色、凸显自己的特点，舍本逐末并不可取。这一点，在倾向于“形似”“精致化”的造型艺术领域尤其要引起警惕。

总而言之，本届山花奖入围作品的创作是在中国历史上一个非常特殊的时期展开的，山花奖的评审也经历了一个“惊心动魄”的过程，但优秀的民间艺术家用他们对民间文艺的真挚热爱奉献出无愧于新时代的优秀作品。面对这些获奖的优秀作品和毫不逊色的其他入围作品，我们真心为所处的伟大时代感到骄傲！我们衷心祝愿民间文艺在新的历史时代焕发灿烂光彩，为传承中华民族伟大文明、建设新时代现代文明做出更大贡献！

祝愿全国民间文艺家创作丰收！祝愿山花奖越办越好！

邱运华

中国民间文艺家协会副主席

目录

中国文联终身成就奖（民间文艺）

杨先让

郎樱

中国民间文艺山花奖获奖作品

优秀民间文艺学术著作 （排名不分先后）

作品名称
《家乡民俗学》
作者
安德明

作品名称
《神话观的民俗实践——稻作哈尼人神话世界的民族志》
作者
张多

作品名称
《中国蓝印花布文化档案·南通卷》
作者
吴元新

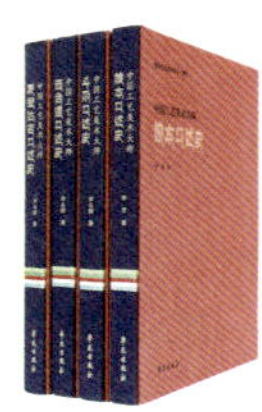

作品名称
《热贡艺术及传承人·唐卡》丛书（汉文版1—4）
作者
卓么措、李芳

优秀民间文学作品 （排名不分先后）

作品名称
《陇南·老山歌》（上、下册）
作者
杨克栋

作品名称
《大运河·河北民间故事》
作者
杨荣国

作品名称
新故事《箭塔村故事集》
作者
卢树盈

优秀民间艺术表演作品 （排名不分先后）

节目名称
《展宏魁》

表演单位
福建师范大学音乐学院

省份 福建　专业类别 广场歌舞

节目名称
《斯玛卓》

表演单位
西藏日喀则市甲措雄乡斯玛占堆行政村文艺演出队

省份 西藏　专业类别 广场歌舞

节目名称
壮族欢哈《歌路长 情海深》

表演单位
广西民间文艺家协会
（表演者：罗凤梅、刘海嘉、潘婷、姚启媛、韦新琳、农正甫、廖常年、蒋成）

省份 广西　专业类别 民歌

节目名称
《阿依嫫嫫》

表演单位
四川省甘孜州九龙县文化馆
（表演者：王小全、杨俄祖、曲别布前、乃保色布、冉拉师言、胡海涛）

省份 四川　专业类别 民歌

节目名称
《擀毡调》

表演单位
陕西省吴起县民间文艺家协会
（表演者：朱强、林醛、陈晓荣、康旭东、杨浩峰、张明、刘延琛、白立存、周艳芬、史静静）

省份 陕西　专业类别 民歌

优秀民间工艺美术作品 （排名不分先后）

作品名称
《留给春天的种子》

作者
武权

省份 内蒙古　专业类别 皮雕

作品名称
《潮风百韵·一剪千华》（一组15件）

作者
曾万春、陆汉荣、朱淑平

省份 广东　专业类别 剪纸

作品名称
《古厝新韵》

作者
杨明

省份 福建　专业类别 石雕

作品名称
《涌》（一组3件）

作者
林霞

省份 浙江　专业类别 台绣

作品名称
《龙凤呈祥舟》

作者
金吉

省份 辽宁　专业类别 贝雕

作品名称
《法海寺造像》系列（一组3件）

作者
王丽华

省份 江苏　专业类别 刺绣

作品名称
《竹艺西游记》（一组5件）

作者
周桂新、金英萍

省份 浙江　专业类别 竹根雕

作品名称
《那个年代》系列（一组5件）

作者
田洪波

省份 山东　专业类别 核雕

第十六届
中国民间文艺
山花奖

颁奖典礼

山花烂漫　匠心筑梦

与会领导与获奖者合影

民间文艺山花奖
6th China Folk Art Shanhua Award
花烂漫 匠心筑梦
承办单位 福建省民间文艺家协会
厦门市文学艺术界联合会

中国文联终身成就奖
（民间文艺）

中国文联党组成员、书记处书记张雁彬（右一）为中国文联终身成就奖（民间文艺）获得者杨先让（左一）、郎樱（中）颁发荣誉证书

中国文联副主席、中国民协主席潘鲁生致辞

中国民协分党组书记、驻会副主席、秘书长荣书琴主持颁奖晚会

福建省文联主席陆开锦致辞

中共厦门市市委常委、宣传部部长吴子东致辞

中国民协副主席万建中（左）、赵世瑜（右）宣布
中国文联终身成就奖（民间文艺）获奖名单

中国民协副主席林继富（左）、郭崇林（右）宣布优秀民间文艺学术著作获奖名单

中国民协副主席韦苏文（左）、郑土有（右）宣布优秀民间文学作品获奖名单

中国民协副主席索南多杰（左）、李丽娜（右）宣布优秀民间艺术表演作品获奖名单

中国民协副主席李豫闽（左）、杭间（右）宣布优秀民间工艺美术作品获奖名单

中国文联副主席、中国民协主席潘鲁生（左一），福建省委宣传部副部长陈勇（右一）颁发优秀民间文艺学术著作奖

中国文联理论研究室主任周由强（左一）、厦门市副市长庄荣良（右一）颁发优秀民间文学作品奖

中国民协副主席伊和白乙拉（右一），福建省文联党组成员、副主席、书记处书记王来文（左一）颁发优秀民间艺术表演作品奖

16
山花烂漫 匠心筑梦
第十六届中国民间文艺
山花奖颁奖典礼
第十六届中国民间文艺山
优秀民间工艺美
中国·厦门

中国民协分党组书记、驻会副主席、秘书长荣书琴（左一），福建省文联主席陆开锦（左二），厦门市市委常委、宣传部部长吴子东（右一），颁发优秀民间工艺美术作品奖

中国文联终身成就奖
（民间文艺）

杨先让

度传统之长河，
守民艺之神魄。
奔赴山海，
你初心如磐，
矢志不渝，
护民族根脉。
走向世界，
你赤子情深，
孜孜不懈，
展东方神采。
寻溯黄河浩荡脉络，
艺术之花永放光芒。

获奖感言

这次获得中国文联、中国民协颁发的中国文联终身成就奖，我非常高兴，这是对我多年来从事民间美术保护、传承和研究工作的褒奖。过去，我们的美术学院和美术教育都是『洋』的，包括我自己的版画创作，也可以被囊括进西方美术体系和艺术话语之中，后来我结识了中国的民间艺术，对民间美术进行长时间的考察、研究，我们将成果结集成《黄河十四走》一书，产生了很大的影响。在民间艺术的研究方面，我们做了一些工作，有了不少收获，连我的艺术创作也受到了民间美术的影响。我常说，我比别的美术家多了一样学问，就是民间美术。

在美术教育工作方面，我也努力把民间美术纳入我们的教育体系之中，推动中央美术学院成立了民间美术系——这是一件很不容易的事！好在它产生了很大的社会影响，也使人们关注到了中国民间美术的真正价值，我们觉得腰杆直了，我们所从事的民间美术保护、研究工作也受到了极大的鼓舞。对于未来从事民间文艺工作的青年人，我希望他们沿着这条路走下去，他们将来一定能比我做得更好，取得更大的成绩。

杨先让

1930年1月生于山东省牟平县。1948年考入北京国立艺术专科学校，受教于徐悲鸿、孙宗慰、蒋兆和、冯法祀、李瑞年、彦涵等。1952年毕业于中央美术学院绘画系。历任人民美术出版社编辑和创作员、文化部研究室研究员，中央美术学院民间美术系主任、教授。曾任中国美术家协会版画艺术委员会副主任、中国民间美术学会常务副会长。主要作品有《杨先让木刻选集》《杨先让彩绘选集》《杨先让文集》《中国乡土艺术》《黄河十四走——黄河民艺考察记》《艺苑随笔》等。

杨先让是中国民间艺术研究的开拓者。1981年以后，他受命协助组建中央美术学院年画、连环画系，1984年又将该系改建为民间美术系，由他任系主任。1996年成立"黄河流域民间艺术田野考察队"，利用课余时间，带领系里师生进行为期数年的民间艺术考察工作，考察的成果是有一部45分钟的纪录片《大河行》，学术考察报告，收集了几百件珍贵的民间艺术品，并创办中央美术学院民间艺术陈列室。此外，考察队员、西安美术学院美术理论教授杨学芹与西安作家安琪合著出版了国内最早的一本《民间美术概论》，杨先让、杨阳合著出版了《中国乡土艺术》中英文版。近年来，杨先让、杨阳合著的《黄河十四走——黄河民艺考察记》由台湾汉声出版社、作家出版社、新星出版社、广西师范大学出版社陆续出版并获奖。

曾获得的主要荣誉有：2014年，荣获中国文联第十一届造型表演艺术成就奖；2016年，《杨先让文集》获《新京报》年度好书致敬礼奖；2017年，获博库·全民阅读周刊春风图书势力榜年度致敬奖；2018年，被授予首批中央美术学院杰出教授称号；2019年，入选2019"中国非遗年度人物"候选名单，杨先让、杨阳合著的《黄河十四走——黄河民艺考察记》获得中国文联、中国民间文艺家协会颁发的第十四届中国民间文艺山花奖·优秀民间文艺学术著作荣誉；2021年，当选2020"中国非遗年度人物"；2022年，荣获中国工艺美术学会授予的荣誉会员称号；2023年，获"致敬造物者"非凡时尚人物奖。

1986年黄河民艺考察一行人于陕西华县皮影剧团合影

1987年进行黄河流域民间艺术考察，陕西佳县黄河渡口前

1988年在青海皮影专家刘文泰家中，刘文泰出身三代皮影世家

1988年在宁夏青铜峡黄河边上的一百零八塔前

2018年整理历史资料

2018年中央美术学院百年校庆时在民间美术系报到签名

郎樱

朗星高远歌声亮，
樱珠硕硕绽芳华。
不辞艰难，
你在广袤的新疆大地披星戴月；
经年沉潜，
你在辽阔的史诗田野耕耘不倦。
凌云落墨，壮志成篇，
你以英雄故事，
书写中华民族的万千气象！

获奖感言

有人曾说过，我是一个『和史诗相伴一生的人』。的确，从24岁大学毕业后被安排到史诗《玛纳斯》工作组工作，一直到现在，近60年的时间，我始终与史诗研究尤其是《玛纳斯》研究相伴而行，如果说我这辈子就干了一件事，就是从事史诗的田野调查和研究工作。在中国民间文艺山花奖颁奖典礼上，我获得了由中国文联、中国民协颁发的中国文联终身成就奖，很高兴也很感动，这正是对我长期从事史诗研究工作的肯定。

我大半辈子与史诗相伴，也看到了伟大的《玛纳斯》在今天焕发新的光彩，很荣幸，我深度参与其中，成为一个见证者。更令人感到欣喜的是，在新时代，作为中华优秀传统文化重要组成部分的民间文学，越来越受到重视，相关研究也越来越多，不能不说，这是时代之幸，更是激发所有民间文学研究者前进的动力！

1965年冬《玛纳斯》工作组采访照

1994年访居素甫·玛玛依

2003年在新疆进行田野调查

郎樱

1941年4月出生。1965年毕业于中央民族学院少数民族语言文学系维吾尔语言文学专业。曾任中国社会科学院民族文学研究所北方民族文学研究室主任、研究所副所长、院咨询委员会委员。现任中国社会科学院荣誉学部委员、民族文学研究所研究员，中国《玛纳斯》史诗研究会副会长、中央民族大学文学院兼职教授、喀什大学人文学院兼职教授、国家社会科学基金项目评委。

主要学术专长是突厥语民族文学与史诗，长期从事柯尔克孜民族史诗《玛纳斯》的研究。主要代表作有《〈玛纳斯〉论》《中国少数民族英雄史诗〈玛纳斯〉》《〈玛纳斯〉论析》《福乐智慧与东西方文化》等专著4部，以及《西北突厥民族的萨满教遗俗》《波斯神话及其在新疆的流传》等论文40余篇。

曾多次开展《玛纳斯》史诗的田野调查工作：1965年大学毕业被分配到中国民间文艺研究会工作后，即奔赴设在新疆克孜勒苏柯尔克孜自治州首府阿图什的《玛纳斯》工作组，参加史诗《玛纳斯》的翻译工作；1979年10月，接受文化部下达的调查任务，在新疆吐鲁番、阿克苏、库车、拜城、喀什等地进行文学艺术调查；1986年夏，赴新疆伊犁哈萨克自治州、塔什库尔干塔吉克自治县等喀什地区，对维吾尔、哈萨克、塔吉克等民族民间文学传承、现状及研究状况进行了调查；1989年夏秋，在新疆阿图什市、乌恰县深入柯尔克孜牧区，进行史诗《玛纳斯》艺人及传承的调查；1995年夏，赴阿勒泰地区对古代突厥岩画及文化进行考察；1998年9月，赴阿图什、阿合奇县对《玛纳斯》歌手进行调查，并到《玛纳斯》演唱大师居素甫·玛玛依的家乡，对其家属、亲友进行了采访；2003年4月，赴广西田阳区敢壮山，对壮族史诗《布洛陀》的祭祀仪式进行了调查；2003—2005年连续3年深入新疆边远牧区，对《玛纳斯》与柯尔克孜史诗传承状况进行田野调查。

由于在柯尔克孜族史诗《玛纳斯》研究方面做出的突出贡献，1991年4月受到国家民委和文化部的嘉奖，1992年享受国务院颁发的政府特殊津贴，2011年被颁发吉尔吉斯共和国“达纳克尔”总统勋章。

1963年在新疆

新疆《玛纳斯》歌手调查

2011年吉尔吉斯共和国“达纳克尔”勋章授勋仪式

行走田间，披拂雾霭晨风。

俯身地头，采撷烂漫山花。

历尽山河，循迹民心天意。

阅遍历史，揭橥艺术真谛。

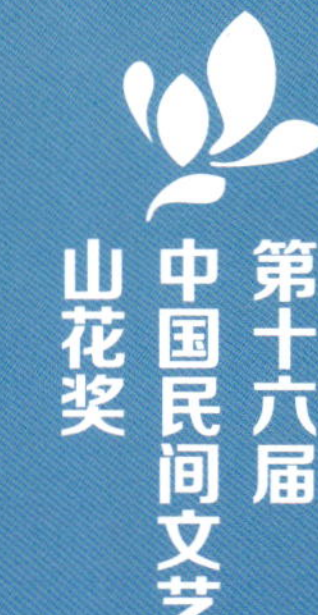

第十六届中国民间文艺山花奖

山花烂漫 匠心筑梦

优秀民间文艺学术著作

家乡民俗学

作者 安德明

《家乡民俗学》通过总结中国民俗学史上的家乡研究潮流，结合作者及相关同行的家乡田野研究经验，同时积极参考国际学界相关研究成果，系统梳理并全面论证了作者首倡的“家乡民俗学”这一全新命题。作为研究视角，它内在地包含着“平等交流，相互尊重”“同情理解，理性批判”和“朝向当下”的三个方面的意义和规范；作为一种研究立场，它具有突出的比较视野和鲜明的“间性”特征，可以更有效地促进人类社会文化的交流与和平发展。

从家乡小镇的十字路口出发

我对“家乡民俗学”的探讨始于近20年前。当时提出这一命题并试图围绕它展开自觉讨论的原因，是我在梳理中国民俗学学科史的过程中发现中国现当代民俗学领域存在着一个十分重要却又长期被忽视的现象，即大量研究者均以自己家乡的民俗文化为调查研究对象的学术取向。这个可以用“家乡民俗研究”或“家乡民俗学”来概括的取向，卓然构成了中国民俗学中的主要学术流派。对这一重要学术现象进行系统清理和分析，必然有助于从一个全新的视角来反思和探讨中国民俗学的理论和方法问题。但遗憾的是，国内学术界很少有人从总体上对这一现象予以关注和探讨，这与当代国际民俗学和人类学等领域对于家乡或本土研究的热烈探讨，尤其是“本土民族志”领域涌现的一系列富有深度的思想和观点之间，形成了鲜明的对照。基于这种发现，我参照国际学界相关研究成果，通过总结中国民俗学史上的家乡研究潮流并结合自己在家乡进行田野研究的经验，对民俗学的家乡研究在学术史上的表现及其优劣得失等问题进行了探讨。这也引起了不少同人的关注和积极回应，进而从不同角度深化了相关思考。十多年后的今天，这一探讨的动力不但没有淡去，反而在我所遭遇的新的人生困境中再次凸显出新的意义。

……复杂艰难的归国之路，和着五味杂陈的心情，最后化成下面这首不吐不快的长诗：

我要回家了

我要回家了!/这是多么激动人心值得骄傲的事/在 2020 年的春天夏天秋天/还有即将到来的冬天/当所有的道路/被压缩成一条羊肠小径/而我终于有幸/挤上那唯一的归途

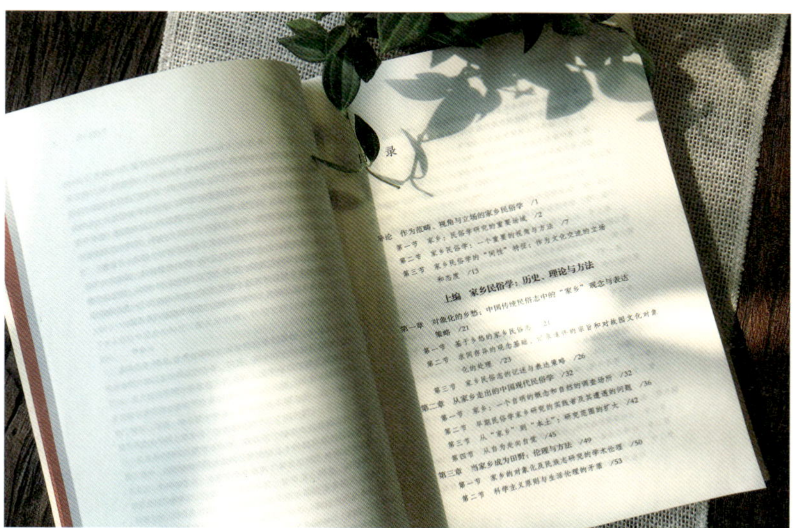

这其实是一场巨大的冒险/丝毫不亚于上战场 虽然/看不见敌人/也看不见不长眼睛的子弹/但每一个角落/每一寸空气/都充满杀机/窥视着每个人/每一个的举手投足/和每一次的呼吸/随时准备发起攻击

也许你会说/这算得了什么/自古以来，从远方/回家的例子数不胜数/除却那衣锦还乡者/多少人曾经历过远胜当前的艰难险阻

是的/比起那许许多多九死一生的经历/在病毒大流行中长途飞行/的确/不见得有什么特殊/但是/当我居住的小镇延伸到整个地球/当以往遥不可及的世界变成隔壁的小村/当无数人/都朝着一个方向/沿着一条道路/冒着一样的风险/屏住呼吸/争先恐后 一往无前/你会发现/这样的回家/与历史上任何一次/都大不相同

这不只是旅行者的磨难/也是居家者的熬煎/一个人的航行/牵挂着千万人的辛劳役役忧心忡忡/那是你和我和他/与看不见的敌人的抗争/是长期停滞中的破冰前行/是沉寂后的重生/是全人类共同的冲动——回归正常/当面/抱一抱妻子儿女/拜一拜爹娘

回家/回家/回家/它早已不是我一个人的思念/而变成了全世界的乡愁/在持续的禁足和隔离中/被无限放大/无论多么宽广的胸膛/都难以盛下/唯一能缓解它的/只有千方百计不顾风险的奔走？

我要回家了/戴好口罩护目镜和手套/穿上防护服或者至少/一次性雨衣加浴帽/带上足够的酒精洗手液消毒纸巾/备好食用方便的干粮/放心，谁也不会笑话我的装束/大家都在忙着做好自我防护

从来不曾如此防范遇到的每一个人/也从来不曾如此真诚/关心接触过的所有人/穿过这没有硝烟却步步惊心的战场/不管是你是我还是他/任何一位同行者/都不容有任何的闪失/因为一星半点的疏漏/都会让我们满盘皆输/祝福所有人吧/其实是祝福我自己/好好保护自己/那其实也是保护其他所有人

我要回家了/家就在眼前/泪水在胸前/透过蒙眬的双眼/我看见世界/从来没有如此整齐地/把目光凝聚在同一个焦点/在勇敢而细心的探索中/理性智慧的神圣光芒/伴着对春天不懈的期盼/正汇成一个清晰的声音/——你若康健/我方心安

通过这首诗，我一方面想要记录自己终生难忘的这次经历和感受，另一方面，也要努力表达一种在弥天漫地的大灾难面前大家共同的心声，也就是诗中所说的“全世界的乡愁”。这场灾难，搭乘着全球化的快车看似轻描淡写地就让飞速发达的整个地球陷入困境。在广泛持续的禁足和隔绝中，回家，这个对许多人而言本属天经地义的自然行动，居然变成了全世界的难题，变成了所有人一时间锲而不舍地追逐却难以企及的遥远目标！在这种特殊背景下，我尽管在重回哈佛的一年多时间里因为无法进行田野调查而未能全部完成既定研究计划，却对故乡、对乡愁在高歌猛进的工业化、全球化时代的意义有了更深刻的体验，进而也对家乡民俗学在当代社会的丰富价值，尤其是它在理解个人与民族文化认同之联系、处理人际关系乃至国际关系等方面的参考意义，有了崭新的认识。当我们所在的地球随着科技高速发展变成了“地球村”，当“朝发轫于苍梧兮，夕余至乎县圃”作为普遍的交通方式缓解了许多人以往“各在天一涯，会面安可知”的忧思困扰，故乡的意识和乡愁的情绪似乎已经远不像过去那么强烈。

……

而该书最终得以顺利付梓，同河北教育出版社郝建东和马海霞两位老师付出的诸多辛劳密不可分。谨此一并致谢！

最后，我要借此机会感谢我的父母、我的弟弟妹妹，感谢家乡所有的亲友。你们的帮助和激励，是我不断前行的动力！同时，我也要感谢自己所选择的家乡民俗研究这个特殊领域，它为我提供了一条长期保持与故乡、与亲人密切联系并不断获得精神家园慰藉的可贵通道。

安德明

2021年11月28日于北京

【作者安德明谈创作】

对“家乡民俗学”的思考，来自20多年前我在书写钟敬文先生的传记及个人田野经验总结的两部专著时形成的一些认识，以及稍后完成的首篇相关论文。但追根溯源，我之所以能产生相关心得，又同自己在从学士学位论文到硕士论文、博士论文写作过程中，董晓萍、刘铁梁等老师，特别是博士生导师钟敬文先生对我在家乡开展民俗调查研究始终给予的支持、鼓励和指导密不可分。“家乡民俗学”是综合中外民俗学发展史、个人实践经验和国内外相关领域前沿理论进行积极反思、归纳和总结的学术成果，《家乡民俗学》集中体现了我在这方面的思考。经过多年不断的探索，也不时受到多位师友的鼓励和启发，我形成了有关“家乡民俗学”的新认识：它既是研究范畴，又具有视角和立场等方面的意义。这些提炼和总结，将有助于深入理解和推进各种通过把熟悉的生活文化事象对象化来展开探讨的研究范式，也能够从民俗学角度深化有关“主体间性”等人文社科领域普遍关注的话题的讨论，并为推进人类命运共同体建设做出贡献。

安德明

中国社会科学院文学研究所副所长（主持所务工作），中国社会科学院大学教授、博士生导师。兼任中国文联全委会委员、中国民间文艺家协会副主席、国际民俗学会联合会副会长等。曾先后受国家留学基金和哈佛燕京学社资助，在美国印第安纳大学（2000—2001年）和哈佛大学（2006—2007年，2019—2020年）做访问学者；曾在德国柏林洪堡大学（2014年）和台湾东华大学（2016年）担任客座教授。

神话观的民俗实践

——稻作哈尼人神话世界的民族志

作者 张多

生活在云南哀牢山腹地的哈尼族人，在其围绕梯田稻作的文化实践中，有关宇宙、人神、生死、谱牒的根基性观念奠定了山地社会文化传承的基石。该书致力于探索当代中国西南稻作族群民俗实践中的神话世界。通过长期的田野作业，作者将民族志研究融汇于叙事阐释之中，以追索哈尼族人活态神话在当代文化实践中的复杂呈现，并将“母题”实践视为神话的典型存在方式，从而倡导“以观念实践为中心”的神话研究之理论主张。

目　录

序　　言

自英国学者威廉·汤姆斯(W.J. Thomas)于19世纪中叶首创"民俗"(folk-lore)一词以来，国际民俗学形成了逾160年的学术传统。作为现代学科意义上的中国民俗学肇始于五四新文化运动，近百年来的发展几起几落，其中数度元气大伤。从20世纪80年代开始，这一学科方得以逐步恢复。近年来，随着国际社会和中国政府对非物质文化遗产(其学理依据正是民俗和民俗学)保护工作的重视和倡导，民俗学研究及其学术共同体在民族文化振兴和国家文化发展战略中，都发挥着越来越重要的作用。

中国社会科学院曾经是中国民俗学开拓者顾颉刚、容肇祖等民俗学家长期工作的机构。近年来又出现了一批较为活跃和有影响力的学者，他们大都处于学术黄金年龄，成果迭出，质量颇高，只是受学科分工和各研究所学术方向的制约，他们的研究成果没能形成规模效应。为了改变这种局面，经跨所民俗学者多次充分讨论，大家迫切希望以"中国民俗学前沿研究"为主旨，以系列出版物的方式，集中展示以我院学者为主的民俗学研究队伍的晚近学术成果。

这样一组著作，计划命名为"中国社会科学院民俗学研究书系"。

从内容方面说，这套书意在优先展示我院民俗学者就民俗学发展的重要问题进行深入讨论的成果，也特别鼓励田野研究报告、译著、论文集及珍贵资料辑刊等。经过大致摸底，我们计划近期先推出下面几类著作：优秀的专著和田野研究成果，具有前瞻性、创新性、代表性的民俗学译著，以及通过以书代刊的形式，每年选择优秀的论文结集出版。

那么，为什么要专门整合这样一套书呢？首先，从学科建设和发展的角度考虑，我们觉得，民俗学研究力量一直相对分散，未能充分形成集约效应，未能与平行学科保持有效而良好的互动，学界优秀的研究成果，也较少被本学科之外的学术领域关注，进而借鉴和引用。其次，我国民俗学至今还没有一种学刊是国家级的或准国家级的核心刊物。全国社会科学刊物几乎没有固定开设民俗学专栏或专题。与其他人文和社会科学的国家级学刊繁荣的情形相比较，学科刊物的缺失，极大地制约了民俗学研究成果的发表，限定了民俗学成果的宣传、推广和影响力的发挥，严重阻碍了民俗学科学术梯队的顺利建设。再次，如何与国际民俗学研究领域接轨，进而实现学术的本土化和研究范式的更新和转换，也是目前困扰学界的一大难题。因此，通过项目的组织运作，将欧美百年来民俗学研究学术史、经典著述、理论和方法乃至教学理念和典型教案引入我国，乃是引领国内相关学科发展方向的前瞻之举，必将产生深远影响。最后，近些年来，国内外非物质文化遗产保护工作的大力推进，也频频推动国家文化政策在制定和实施中的适时调整，这就需要民俗学提供相应的学理依据和实践检验，并随时就我国民俗文化资源应用方面的诸多弊端，给出批评和建议。

从工作思路的角度考虑，"中国社会科学院民俗学研究书系"着眼于国际、国内民俗学界的最新理论成果的整合、介绍、分析、评议和田野检验，集中推精品、推优品，有效地集合学术梯队，突破研究所和学科片的藩篱，强化学科发展的主导意识。

为期三年的第一期目标实现后，我们正着手实施二期规划，以利我院的民俗学研究实力和学科影响保持良好的增长态势，确保我院的民俗学传统在代际学者之间不断传承和光大。本套书系的撰稿人，主要来自民族文学研究所、文学研究所、世界宗教研究所和民族学与人类学研究所的民俗学者。

在此，我代表该书系的编辑委员会，感谢中国社会科学院文史哲学部和院科研局对这个项目的支持，感谢"国家社科基金"以及"中国社会科学院哲学社会科学创新工程的支持"。

朝戈金

【作者张多谈创作】

我跟踪研究云南哀牢山地区哈尼族的活态神话及其梯田稻作文化已经有13年了。《神话观的民俗实践》一书的基础是我的博士论文，后又经过近6年的回访调查、大幅修改，方于2022年付梓。我的田野调查地点是红河哈尼梯田文化景观世界遗产地的核心区。哈尼族人的活态口传文化尤其是神话，既是维系庞大山地稻作体系的文化之根，也是这个边疆山区向“文农旅遗”统筹发展转型的重要资源。哈尼梯田申遗成功11年来，我见证了这片山乡开展文化遗产保护、推进乡村振兴的不凡历程。长期以来，研究哈尼梯田的优秀成果很多，但关注民间文艺尤其是口头传统的却很少。我在众多哈尼族师友的接纳和帮助下，克服困难，逐步深入哈尼族人的民间文艺世界。《神话观的民俗实践》在神话学前辈开拓的“活态神话”的研究基础上进一步推进“神话民族志”研究，致力于解决民间文学研究在“文学本体”“文化语境”“认知观念”的三维融合方面的传统难题。

张多

云南大学文学院副教授、硕士生导师，云南大学神话研究所研究员。西北民族大学文学学士，云南大学民俗学硕士，北京师范大学中国民间文学博士。主持国家社科基金青年项目、中国博士后科学基金面上项目，参与国家社科基金重大项目等。主要研究领域为民俗学、民间文学、神话学、少数民族文学，长期在云南昆明、红河、德宏等地开展田野调查。

中国蓝印花布文化档案·南通卷

《中国蓝印花布文化档案·南通卷》是由吴元新主编，吴灵姝、倪沈键编著的民间文艺学术专著，是一部关于我国国家级非遗蓝印花布印染技艺的系统性文化档案的样板卷。《中国蓝印花布文化档案·南通卷》为民间传统工艺志书编写找寻到一种科学、严谨、规范的书写范式，它既具有一定的学术价值，也对我国非遗保护传承工作的开展有着重要的推动作用。

吴元新

中国工艺美术大师，国家级非物质文化遗产代表性传承人，中国民间文艺家协会副主席，中国民间文化杰出传承人，南通大学非物质文化遗产研究院院长、二级教授，南通蓝印花布博物馆馆长。被联合国教科文组织授予“民间工艺美术大师”称号，被文旅部评为全国非遗保护先进个人，被中宣部、中国文联授予“全国中青年德艺双馨文艺工作者”荣誉称号。

【作者吴元新谈创作】

作为全国蓝印花布印染技艺唯一没有间断传承的城市，南通有着悠久的技艺流传历史与相关的社会文化积淀，其工艺传承具有代表性，因此我们将南通卷作为全档案书册的首卷。在编撰工作中，吴灵姝、倪沈键等文化档案“元新蓝”团队成员在近10年的时间里走遍了南通近千个乡村及农户聚集地，采访了数千位民间蓝印花布的相关人员，抢救保护了23000多件流失在民间、濒临消失的古旧蓝印花布实物遗存，详尽梳理了蓝印花布这一传统印染工艺在南通的传承脉络。在书中，我们力求以图文并茂的方式，阐述南通蓝印花布印染技艺的传承历史，为大家提供一份翔实得当、严谨可靠的文化档案资料。

热贡艺术及传承人·唐卡

丛书（汉文版1—4）

作者 卓么措 李芳

中国工艺美术大师

斗尕口述史

西合道口述史

娘本口述史

更登达吉口述史

热贡艺术是藏传佛教艺术的重要组成部分，15世纪发祥于青海安多藏区，至今仍有极其旺盛的生命力。热贡艺术包括唐卡、壁画、堆绣、雕塑、石刻、建筑、酥油花等多种艺术形态，其中，热贡唐卡是最具有代表性的艺术形式。《热贡艺术及传承人·唐卡》丛书基于扎实的田野考察，采用口述史研究方法，分别以热贡地区的四位“中国工艺美术大师”斗尕、西合道、更登达吉、娘本为调查对象，通过实地访谈，借助影像手段，梳理热贡艺术鲜活的发展历史，全方位呈现热贡艺术的原生态文化价值。

卓么措

丽水学院教师教育学院教授。多年来一直致力于民族教育、中华优秀传统文化教育传承等方面的研究，积累了一定的学术成果。发表学术文章20余篇，主持并结项国家社科基金项目，结题省部级项目4项。

【作者卓么措谈创作】

热贡是一个美丽神奇的地方，早在2008年作博士论文的时候，我选择的研究案例就是热贡唐卡，从那时起就与热贡这片土地、精美的热贡唐卡结下了美妙的缘分。也因此，我执着地以热贡为田野考察点已经16年有余，《热贡艺术及传承人·唐卡》丛书便是长期积累整理而成的。热贡艺术的传承载体是“活生生的人”，传承方式是师徒式的言传身教，是典型的“以人为本”的活态文化。热贡艺术传承人口述史研究是将口述史研究方法与非遗保护相结合的一种创新，强调文化的活态性与原真性，尊重文化持有者的主体性，将“口头文化遗产”转化为可以永久保存的文字形式，是非遗保护的重要实践。

李芳和娘本大师合影

李芳

北京理工大学设计与艺术学院助理教授、副研究员，中国人类学民族学研究会发展人类学专业委员会会员，中国工艺美术学会非物质文化遗产工作委员会会员，湖南里耶秦简博物馆历史文化研究室主任。

师徒共同绘制唐卡

博采民风民俗，道尽民情民意。
口口相传遐迩，心心相印你我。
其文朴实无华，其意真诚幽默。
根植广袤大地，讲述生生不息。

山花烂漫　匠心筑梦

优秀民间文学作品

作品
文学

陇南·老山歌（上、下册）

作者　杨克栋

老山歌

《陇南·老山歌》（上、下册）采录内容为流行于甘肃陇南、天水和定西地区的传统二句式山歌，共计14000余首。书中所录作品语言质朴无华、流畅自然，充满乡土气息。作者采录时间跨度较大，所涉生活场景十分广泛，遵循了民间文学搜集整理的规范，充分反映了当地民众的社会生活、观念、情感、风俗礼仪与历史记忆。作品思想性与艺术性兼备，文学价值、学术研究及史料价值均较出众，是近年来抢救、保护甘肃原生态山歌的一项重要成果。

杨克栋

历任甘肃省西和县林业副局长、西和县扶贫办副主任，中国民间文艺家协会会员、中国民俗学会会员、甘肃省民间文艺家协会会员、甘肃省民俗学会会员。代表作《仇池风——陇南山歌》一书先后荣获甘肃省第五届敦煌文艺奖二等奖、首届陇南文艺奖金奖、首届仇池文艺奖特别奖，为推广陇南山歌做出了重大贡献。

【作者杨克栋谈创作】

从开始采集山歌，到《陇南·老山歌》出版，经过了60多年的时间。1958年，我从甘肃临洮农校毕业后，被分配到家乡西和县一所国营林场工作。林场常年有数百名工人从事林业生产，其中不乏优秀的“山歌唱把手”。在劳动时，他们面对耸立的大山引吭高歌，渐渐地，我被山歌丰富的语言特色和表现手法深深吸引。从那时起，我开始采集山歌，直到1979年因工作调动离开林场，前后20余年的时间，我采集了山歌3300余首。改革开放后，我采集的山歌数量逐渐增加，利用下乡工作的机会，我走村串户，留心打听、登门拜访“山歌唱把手”，通过这种方式尽可能多地加以收集。在退休之后，从2004年起，我放下手头所有杂事，全身心地投入山歌采集工作中。依靠众多“山歌唱把手”和各地文化学者的帮助，采录了大量的山歌原始资料，并日以继夜地伏案整理。《陇南·老山歌》一书也终于出版面世。这些老山歌都是当地人祖祖辈辈口传心授流传下来的，有着丰富的文化内涵，在整理山歌的过程中，我并没有做刻意的修改和遴选、删减，以保证其本真性和完整性。回顾这60多年采集山歌的漫长岁月，可谓酸甜苦辣咸五味杂陈，但想到这些山歌能顺利被流传下去，喜悦之情、成就之感难以言表。

文学作品

大运河·河北民间故事

作者 杨荣国

《大运河·河北民间故事》是第一部全面系统汇总河北段大运河民间故事的作品。书中收入的140余篇作品，是在1000余篇有关大运河的河北民间故事中精挑细选而来的。该书着重突出运河特色和地方特色，充分吸收中国民间文学大系出版工程的编纂思想，吸收当代民间文学研究的新理念、新成果，按照科学性、广泛性、地域性、代表性的原则，侧重用“方言型”语言忠实记录，尽可能保持民间故事的原汁原味，更好地反映故事的原貌和地方特色。

【作者杨荣国谈创作】

2021年年底，河北省民协启动《大运河·河北民间故事》一书的编纂工作，我们迅速行动，组织大运河沿线市县民协负责人及有关专家学者共同努力，深入挖掘、采集大运河民间故事。该书共计55万字，收录了140余篇传说和故事及部分地域特色鲜明、较有代表性的运河号子，展现了运河两岸人民大众的生活故事、精神追求、情感需求，以及世界观、价值观、审美观的态度。对我个人而言，从事民间文艺工作已有40年，从当初20岁的黄毛丫头到现在的两鬓斑白，我自己也从一个民间文艺爱好者成长为河北省民协的负责人。几十年来，我无数次在大运河河北段沿线的县市考察调研、深入走访，关注大运河河北段沿线蕴含的丰富民间故事富矿。可以说，河北民间文艺事业就是我的根、我的魂、我的生命。

杨荣国

河北省民间文艺家协会主席、河北省燕赵文化研究会副会长、燕山大学艺术学院兼职教授，河北省非物质文化遗产保护工作专家委员会委员、中国民间文艺家协会理事。曾荣获联合国教科文组织、中国民间文艺家协会颁发的“发掘保护民间文化遗产突出贡献奖”，荣获河北省“燕赵百名优秀女性”荣誉称号。

箭塔村故事集

作者 卢树盈

坐落于四川省蒲江县甘溪镇的箭塔村因箭塔而得名，箭塔是一座佛塔，已有千年历史，底部被挖空，上大下小，历经两次大地震却屹立不倒，成为村中的“传奇”建筑。《箭塔村故事集》收录了箭塔村中口口相传的民间传说故事，展现了箭塔村丰富的历史文化；书中同样收录了大量新故事，彰显了新农村建设的丰硕成果。书中的故事来源于生活，体现了村民积极乐观的态度，展现了他们用勤劳的双手所创造的幸福生活。

卢树盈

四川省成都市蒲江县甘溪镇箭塔村人。14岁离开学校，成年后务农。2009年开始故事创作，2018年加入中国民间文艺家协会，2019年被聘为四川省民间文艺家协会故事委员会副主任，2020年加入四川省网络作家协会，2023年加入四川省作家协会。2019年在箭塔村设立卢树盈乡村作家工作室，免费为附近村民提供上千本藏书和宽敞的读书大厅，不定期地开展乡土作家公益课，带领附近村民一起学习。

【作者卢树盈谈创作】

我一直生活在农村，从小就喜欢听民间故事，看历史古迹。我14岁离开学校，1996年嫁到箭塔村。我发现箭塔村有着丰厚的历史文化底蕴，是茶马古道的必经之地，因此流传下来很多传说故事。但随着时代的发展，这些口口相传的民间故事正在慢慢消逝。我想把箭塔村的故事传递下去，就开始走乡串户搜集素材，用村里的历史古迹写故事。但我初中都没读完，要写故事很不容易，在写了100万字的废稿以后，才发表了第一篇故事。在写历史故事的同时，我也关注箭塔村的新故事，辛勤劳作的农民、起早贪黑的小贩、身残志坚的残疾人、奋发有为的基层干部……新农村中的各类人物和有趣的故事触动了我的心灵。我花了10多年的时间，收集整理创作了以箭塔村历史古迹为表现对象的民间故事及相关的新农村故事，《箭塔村故事集》的出版在于保护和传承乡土文化，为乡村振兴助力。

歌舞欢腾，鼓乐齐鸣。

大美中华，美在民间。

歌——人间烟火，衣食住行。

诗——自然万物，春夏秋冬。

舞——日月流转，岁时节令。

乐——山高水长，文脉浩荡。

江山文采，彰显民族智慧，

天地气韵，唱诵华美篇章。

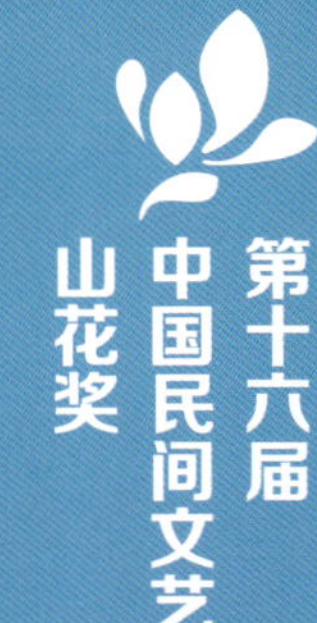

第十六届中国民间文艺山花奖

山花烂漫 匠心筑梦

优秀民间艺术表演作品

广场歌舞

展宏魁

表演单位 福建师范大学音乐学院

闽南跳鼓又叫“跳花鼓”，传说起源于元代，泉州民间认为跳花鼓演绎的是梁山好汉扮演杂耍艺人劫法场救卢俊义的故事。该民间舞种曾流布于闽台之间，有普天乐、梁园跳月、展宏魁、玉楼倖鼓等舞曲名称。如今，原生态闽南跳鼓面临急需抢救保护的现状。此次创作的广场歌舞作品《展宏魁》基于多方文献资料分析与复现舞姿，并在原始鼓谱基础上，将原生态跳鼓舞中人物所持的道具与打击乐有机融合。作品为两段体，分别为跳鼓舞的传统复现和跳鼓舞的现代传承与发展。

【编导陈雯谈创作】

广场歌舞作品《展宏魁》的创作缘起于2019年由我主持的国家艺术基金艺术人才培养项目。在执行项目的过程中，我从拍胸舞艺人杨德意那里了解到，他的父亲、泉州跳鼓舞传承人杨清端的离世，让他突然意识到要继承父业，从事民俗表演，传承优秀民间文化——跳鼓舞需要两人配合，一人旋鼓一人击鼓，和父亲一起跳民俗舞的人因失去舞伴不想再跳了。所以作为一名舞蹈创作者，我也意识到有义务尽自己的一份力。我从各方收集文献资料，向学者问询了解相关史实，创作了《展宏魁》。在创作过程中，我发现闽南跳鼓虽有人物和舞蹈动作，但没有舞蹈场域图，而场域图在台湾仍有保存。幸运的是，来自台湾的舞蹈教师林元凯给我们带来了闽南跳鼓的舞蹈场域图，创作才得以推进，这也展现了民间舞蹈让两岸同胞共品人间情味的动人故事。李林老师传承和发展了跳鼓舞鼓谱。创作期间，节目得到了周琼琼、郭峰、杨德意、肖淑萍、丁天福、吴润珠、许再生等民间文艺家以及福建省京剧院、泉州歌舞剧院的帮助。

广场歌舞

斯玛卓

表演单位 西藏日喀则市甲措雄乡斯玛占堆行政村文艺演出队

斯玛卓是一种注重情绪表现的民间腰鼓舞，均由男性演绎。该腰鼓舞鼓点明快、节奏感强，豪迈奔放、催人奋进。其中，所用的鼓是带长鼓把的圆鼓，舞时将长鼓把横插在身后的腰带内，使鼓竖立于左腰。舞蹈时，先由一名卓本（领舞）手里拿着一支捆着哈达的木棒，手舞足蹈，口中念念有词，而后身穿彩条衣服、腰系多皱短裙、挎着大鼓的小伙子们奔腾而出，羽槌齐动，鼓声震天，舞蹈热情而奔放。

【演员达瓦平措谈创作】

我是一名来自雪域高原西藏的斯玛卓舞者。斯玛卓是由民间艺人表演的腰鼓舞，作为藏族传统舞蹈文化中一种比较特殊的艺术形式，斯玛卓已有1300多年的历史。2021年，斯玛卓被列为第五批国家级非物质文化遗产代表性项目。作为新一代的斯玛卓传承人，我们会倍加珍惜这份荣誉，继续用这种传统民间鼓舞传递美好，宣传我们美丽的家乡，祝福伟大的祖国。

民歌

歌路长 情海深

表演单位 广西民间文艺家协会

表 演 者 罗凤梅、刘海嘉、潘婷、姚启媛、韦新琳、农正甫、廖常年、蒋成

壮族欢哈《歌路长 情海深》展示了广西壮族“三月三歌圩”中男女有情人寻情、探情、连情、谈情、抒情的恋爱场景，表现了恋人之间从初相见时的朦胧眷恋，到等待中度日如年的相思之情，以及追求幸福的美好憧憬。作品通过二声部、三声部演唱的起、承、转、合，呈现了主唱与伴唱之间丰富的情感表达；依靠收放自如的和声进入，衔接、交织、反复强调的张弛有度，彰显广西壮族欢哈演唱形式的艺术魅力。

【编导郑天雄谈创作】

从2022年开始，我所任职的广西山歌学会和广西民协共同筹划，旨在推出一部能彰显广西特色的民歌作品。我们选定非常具有“广西味”的歌唱形式——壮族欢哈，来进行进一步的创作。壮族欢哈是传统的多声部演唱形式，“欢”指唱山歌，“哈”指合唱、伴唱。在壮族“三月三歌圩”中，“以歌传情”“以歌择偶”是最基本的交流技能。在创作《歌路长 情海深》的过程中，我选择以壮族“三月三歌圩”的寻情、探情、连情、谈情、抒情的恋爱情景为表现对象，用欢哈来表达壮族“千年歌路长，相爱情海深”的主题。同时，我保留了欢哈经典的歌调，新创作了歌词，通过不同的歌调，让大家真切感受壮族“三月三歌圩”的面貌。歌曲演唱者来自广西龙圩、都安、龙州、田东、三江、柳江、马山等县区，其中既有自由职业者、教师、基层文艺工作者，又有农民，他们都是壮族欢哈演唱的名家和后起之秀。

民歌

阿依嫫嫫

表演单位　四川省甘孜州九龙县文化馆

表 演 者　王小全、杨俄祖、曲别布前、乃保色布、冉拉师言、胡海涛

《阿依嫫嫫》根据四川省甘孜州九龙县普米族婚俗歌谣改编而成。歌谣原始音乐素材分为“让色叶歪”“杠邛叶歪”“几都叶歪”“杠真叶歪”等4段式，唱词涵盖了普米族人在生产生活、婚俗礼仪等方面的文化习俗，是一部普米族人的“活态百科全书”。随着时间的流逝，这样的民族民间歌谣正在面临失传。2020年，九龙县文化馆经过三年的抢救性收集、整理和创新创作，将这首歌谣分为高声部、次高声部、中声部、低声部等4个声部，以无伴奏合唱的形式来进行演唱，民歌《阿依嫫嫫》也从田间走向了舞台。

【编导海日尔他谈创作】

2012年夏天，九龙县文化馆把歌舞数据库收录工作提上日程，在田间地里开展的摸底调查成为常态。民歌《阿依嫫嫫》的诞生正是来源于文化馆对少数民族文化的收集整理和创新创作。“尊敬的迎亲客啊，你从遥远的东方到来，你用马队驮来的黄金彩礼，堆满了我家整个礼堂……”《阿依嫫嫫》唱词抒意直白，在热闹喜庆中将民族婚俗一一道明，充分展现了民族特色、风土人情和时代风貌。

民歌

擀毡调

表演单位　陕西省吴起县民间文艺家协会

表　演　者　朱强、林醛、陈晓荣、康旭东、杨浩峰、张明、刘延琛、白立存、周艳芬、史静静

吴起擀毡技艺是陕西省非遗保护项目。由吴起县民协和延安市民协创作编排的原生态民歌《擀毡调》表现了擀毡人积极乐观的生活态度，极具原生态表演风格和舞台感染力。节目中，10名演员分别展示了擀毡技艺中的弹毛、喷油、卷帘子、撒毛、洗毡、整形等环节，生动而真实地再现了擀毡技艺的流程。

【编导朱强谈创作】

2008年，吴起擀毡技艺被纳入陕西省非遗保护名录之中。为了向人们展示独具特色的擀毡技艺，让更多的人了解擀毡技艺的流程和文化内涵，在我担任吴起县文化馆馆长期间，我和我的创作团队根据擀毡艺人生产时随意哼唱的曲调、弹毛弓等擀毡器具在艺人劳作时生发的强烈的节奏感，编创出了极具原生态风格的《擀毡调》。我觉得，《擀毡调》之所以受到广泛关注，获得“山花奖”，主要得益于它完整地呈现了擀毡技艺的各个环节，并在其中融入陕北道情的风格、劳动号子的律动、陕北民歌的韵味，将擀毡人积极向上的人生态度、生活情趣，用情景再现式的表演展示出来，生动有趣。

天工何所有？灵思与妙手。

精雕伴细琢，珠联又璧合。

随意巧赋形，尽得风流情。

日用不觉中，传统复流行。

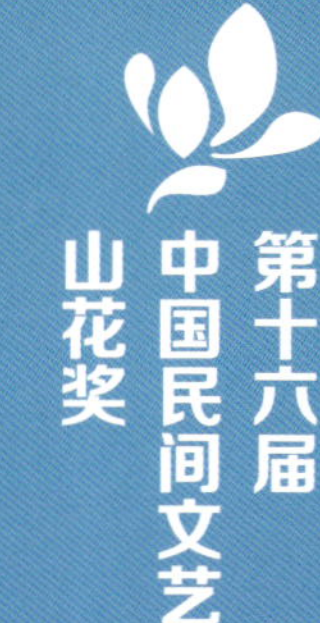

第十六届
中国民间文艺
山花奖

山花烂漫　匠心筑梦

优秀民间工艺美术作品

留给春天的种子

作者 武权

皮雕《留给春天的种子》用写实的手法展现了秋日里因果实饱满而垂首的向日葵，作品极富视觉震撼力，所要传达的既是一种薪火相传的希望，也是一种义无反顾的责任。《留给春天的种子》以皮革为载体，利用雕塑语言加以创作，同时也结合了多种皮革造型工艺和其他艺术形式的创作技艺，是一件用本土材料、本土工艺讲本土故事的作品。

【作者武权谈创作】

2019年的一个秋日，在回老家的路上，我看到路边的向日葵在逆光下变成暗紫色与橙黄色的天空形成强烈对比，那横、斜、竖直的枝干疏密有致地排列着，与向日葵的花盘组合在一起，非常震撼！它唤起了我对人生的思考，我当即拍了些照片。回到家后，我萌生了以皮雕展现那震撼人心场面的想法。我先后绘制了十几张草图，反复尝试各种构图，最后终于找到了准确表现它的方式。2023年4月，《留给春天的种子》首次与观众见面，在展览期间引发了人们的关注。展览现场，我注意到，好多人走近看，离远看，不说话，仿佛是在思索什么。这也许应了那句话："'近距离'感受艺术的起点，'远距离'感受艺术的终点。"对此，我感到由衷的自豪。

武权

高级工艺美术师，中国民族工艺大师，内蒙古工艺美术大师，内蒙古民族艺术大师，内蒙古师范大学设计学院大师工作室专业实践老师。2009年获内蒙古自治区旅游商品设计大赛金奖，2013年获中国民族工艺美术珍品展金奖，2014年获呼和浩特首届皮画艺术品展览会创新应用类金奖，2015年获第二届内蒙古自治区工艺美术品“飞马奖”，2018年获第三届中国（潍坊）民间艺术博览会金奖，2023年获内蒙古自治区民间工艺美术创新大赛一等奖。

潮风百韵·一剪千华

作者 曾万春、陆汉荣、朱淑平

（一组15件）

《潮风百韵·一剪千华》一组15件，以潮州特色建筑“门楼”正面墙体为承载，集潮州千年文脉所蕴含的崇文重教、仁义礼智信等社会伦理规范于一身，通过剪纸艺术讲述林大钦、翁万达、郭子仪、穆桂英等历史名人的经典故事。作品将潮州木雕、石雕、嵌瓷、潮剧、大吴泥塑等艺术元素巧妙融入剪纸创作之中，淋漓尽致地呈现了潮州文化的底蕴。

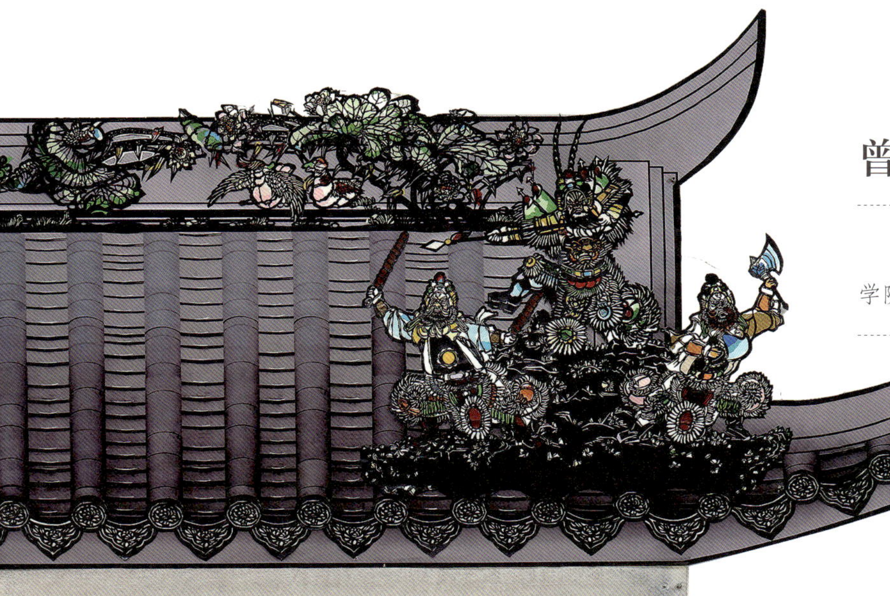

曾万春

韩山师范学院副教授，教育科学学院学前教育学系美术专任教师。

陆汉荣

韩山师范学院美术学院讲师。

朱淑平

韩山师范学院2021届学前教育专业毕业生，广东技术师范大学学前教育专业在读硕士研究生。

【作者曾万春谈创作】

潮州被誉为“中国民间工艺传承之都”，潮州剪纸是国家级非遗项目，将潮州剪纸融入教学体系，能够为学生拓展非遗学习与实践的平台，让学生成为传承中华优秀传统文化的参与者。为此，在韩山师范学院和广东省、潮州市文联、民协的支持下，我们组建了剪纸创作团队，带领学生走遍潮汕大地，深挖、整理潮州历史文化资源，并用剪纸的形式加以艺术表达。《潮风百韵·一剪千华》就是在这种背景下诞生的。该作品体量宏大、剪制精细，充分呈现了潮州剪纸的独特技艺和艺术效果。同时，我们攻克了一道道创作难关，对剪纸的技法、配色和展示方式加以大胆创新，创造了潮州剪纸的新风格。作为一名从事民间文艺教学的高校老师，我始终心怀对中国民间文艺的热忱和激情，牢记教育使命，不忘育人初心，也将继续用中国民间艺术这门语言讲好韩师故事、潮州故事、中国故事。

古厝新韵

作者 杨明

《古厝新韵》利用寿山石雕的艺术形式，以春联、红灯笼等中国传统春节元素来定格时间，将福州古民居中的马鞍墙造型与枝繁叶茂的古榕树元素相结合，刻画稚童燃放爆竹过新年的场景，以表现市井坊巷热闹的过年气氛，唤起人们对中国传统新春佳节的浓浓回忆。在工艺上，《古厝新韵》融圆雕、浮雕、镂空雕等雕刻技法于一体，层次分明、动静相生，使观众在欣赏精美雕工的同时，似乎能听到天真烂漫的童音和噼里啪啦的爆竹声。作品绘声绘色，洋溢着新春的祥和气息。

【作者杨明谈创作】

厚重的历史文化积淀使福州成为著名的历史文化名城，而福州古厝正是其标志性的城市建筑。福州古厝具有晚唐风格，歇山顶、马鞍墙，不仅是建筑样式，更是历史文化的承载。作为一名土生土长的福州人，我从小便在这个城市的各大古厝与小巷之中穿梭，因此，当我掌握寿山石雕刻技术后，就一直想用自己的工艺来表达对故乡浓烈的情感。《古厝新韵》正是我的一个尝试，作品描绘的是春节时福州古厝张灯结彩、稚童迎春的场景。我希望能通过自己的石雕作品，让更多人领略福州的城市魅力。

杨明

高级工艺美术师，福建省工艺美术大师，福建省非物质文化遗产传承人，2021年获“福建省五一劳动奖章”荣誉，福建省技能大师工作室领衔人。现为福建省工艺美术实验厂第二车间主任，福州寿山石鉴定中心专家人才鉴定师，福建省寿山石文化艺术研究会副会长，福建省民间文艺家协会理事，中国寿山石文化发展研究中心副秘书长。其多件作品被收藏于国家级和省级博物馆。

涌（一组3件）

作者 林霞

作品《涌》以富有原初性和生命热力的形态、线条无限延展，构筑出一片充满想象的、纯粹的生命世界。工艺上，《涌》实现了台绣艺术的又一次蜕变，以作者独创的“纤艺绣”和立体浮雕的手法，突破了台绣原本的半浮雕形态，以千姿百态的塑形工艺展现出独特的艺术效果。

【作者林霞谈创作】

新冠疫情引发了我对生命和宇宙万物的思考。生命的逝去与萌发，在混沌的沉睡中，在恍惚的将醒未醒间，悄然上演。朦胧中涌动的生机，交错繁乱中新生的秘密，内在细微的颤动和安宁，那么远，又那么近；那么平常，又那么陌生。我希望通过《涌》这个作品，以针线构造下的情绪、语言，传达对生命的体会与思考。

林霞

中国工艺美术大师，高级工艺美术师，浙江省"万人计划"传统工艺领军人才，浙江台绣服饰有限公司董事长兼艺术设计总监。在工艺织绣行业里，不仅擅长刺绣图案设计、刺绣服饰款式设计、多元产品设计和空间设计，更善于刺绣针艺和表现手法的创新。在台绣传统抽、拉、雕等技艺的基础上，突破了刺绣原本二维画面的属性，以更加立体灵动的工艺和光影空间的构造，创造出属于台绣自己的语言以及独具当代性的艺术风格。出版著作3本，获专利34项，获国际级、国家级大奖60余项，多项作品被国家级博物馆收藏。

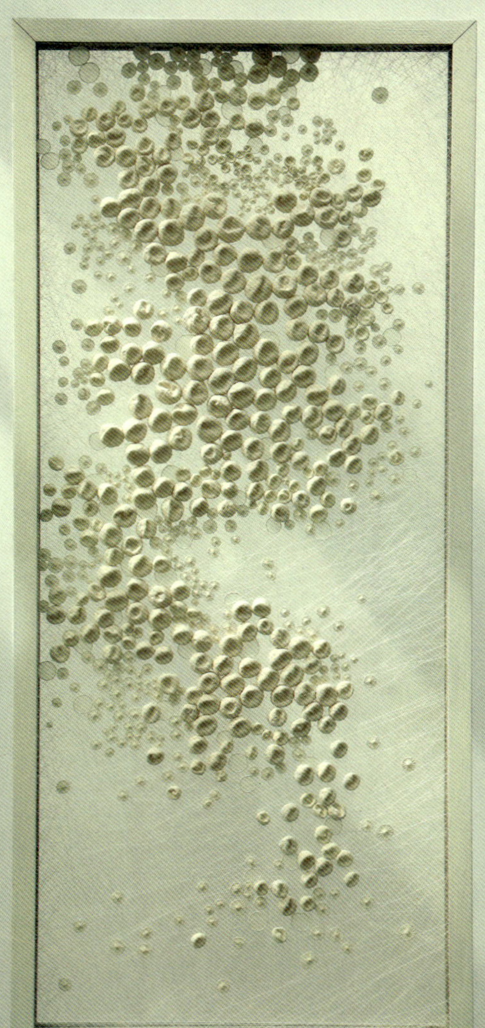

龙凤呈祥舟

作者 金吉

《龙凤呈祥舟》以传统的大连贝雕技艺为基础，由立体贝雕形式创作，作品长2.1米、宽0.4米、高1.4米，以木胎为里，双色鲍鱼贝为主要材料，镶嵌绿松石、孔雀石、青金石以及珍珠等宝石，气势恢宏、造型精巧。作品将中国古建筑艺术的精华吸纳其中，袖珍版的亭、台、楼、阁、轩、榭、廊、舫等惟妙惟肖，硬山、悬山、攒尖、歇山、庑殿等古建筑屋顶的样式也都有所体现。此外，作品中龙凤同体的新式船身也打破了传统船身只有龙的单调造型。《龙凤呈祥舟》是对大连贝雕技艺的创新运用，展现了精妙的构思和独特的创新意识。

【作者金吉谈创作】

我的父母都是大连贝雕厂的员工，我的童年就是在贝雕厂度过的，那时厂里生产任务特别重，父母天天加班，放学后我只能去工厂找他们，等着下班一起回家。在这一时期，我耳濡目染了解了贝雕制作的技艺和相关流程，为后来从事贝雕创作打下了基础。成年后，我专心跟随身为中国工艺美术大师的父亲学习贝雕技艺，每天挑选贝壳，切割、打磨，制作贝雕作品，渐渐地，我自己也有了对贝雕艺术的独特理解。近些年来，大连贝雕研发出贝壳软化成型技艺，在技术上虽有了极大的提升，但具有创新意识的自主设计却较少。《龙凤呈祥舟》算是我的一个创新尝试，现在看来，它也是一次成功的尝试，此次获得“山花奖”，将激励着我未来创作更多具有创新意识的作品。

金吉

中国工艺美术大师，正高级工艺美术师，大连市高层次人才领军人才。现为大连市甘井子区政协常委，大连市手工艺术家协会会长，大连市轻工业联合会副会长，大连市民间文艺家协会副主席，中国民间文艺家协会会员，沈阳大学美术学院客座教授。

富貴呈祥

刺绣

法海寺造像（一组3件）

作者 王丽华

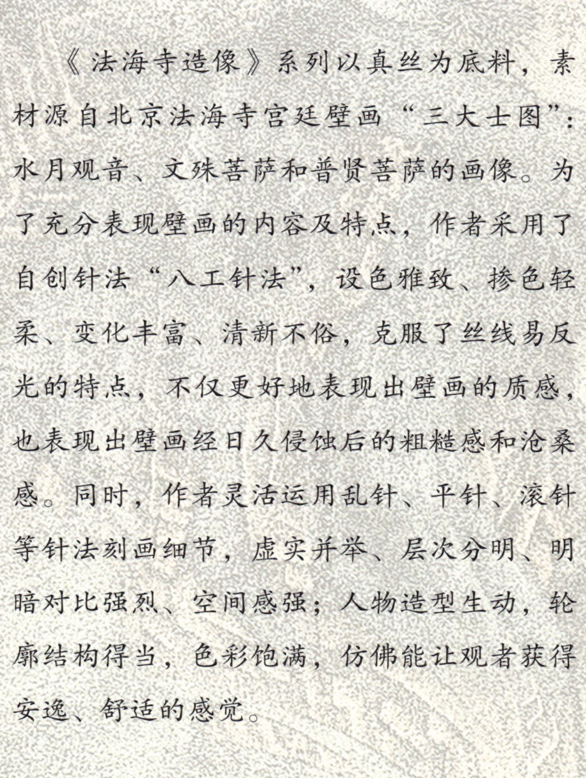

《法海寺造像》系列以真丝为底料，素材源自北京法海寺宫廷壁画“三大士图”：水月观音、文殊菩萨和普贤菩萨的画像。为了充分表现壁画的内容及特点，作者采用了自创针法“八工针法”，设色雅致、掺色轻柔、变化丰富、清新不俗，克服了丝线易反光的特点，不仅更好地表现出壁画的质感，也表现出壁画经日久侵蚀后的粗糙感和沧桑感。同时，作者灵活运用乱针、平针、滚针等针法刻画细节，虚实并举、层次分明、明暗对比强烈、空间感强；人物造型生动，轮廓结构得当，色彩饱满，仿佛能让观者获得安逸、舒适的感觉。

【作者王丽华谈创作】

法海寺是明代皇家寺院，寺内壁画有着极高的艺术水准，极具时代风格，享誉海内外。2012年秋，我慕名到法海寺参观，当看到壁画“三大士图”时，被其流畅的线条、细腻的画工以及“沥粉堆金”“叠晕烘染”等工艺深深地吸引，从此在心中埋下了用苏绣来对其加以创作的种子。随着我自创的刺绣针法“八工针法”被运用纯熟，我有底气以法海寺壁画为蓝图进行创作了。2016年3月，我开始创作第一幅作品《水月观音造像》，作品历经15个月完成，这之后，我陆续创作了《普贤菩萨造像》《文殊菩萨造像》两幅作品，最终用苏绣还原了法海寺壁画“三大士图”。《法海寺造像》系列在传承了苏绣经典技法的基础上，拓宽了苏绣的表现题材，随着新技法“八工针法”的运用，也形成了独特的刺绣风格，令人耳目一新。

王丽华

高级工艺美术师，正高级乡村振兴技艺师，中国刺绣艺术大师，江苏省、苏州市工艺美术大师，苏州工艺美术职业技术学院客座教授，中国工艺美术协会纤维艺术专业委员会委员。师承中国工艺美术大师余福臻，并得到其他艺术大师及刺绣前辈的悉心指导，深得刺绣艺术的精髓，2013年自创的“八工针法”获发明专利。2015年1月受北京国博文物鉴定中心聘任，为刺绣艺术顾问。

竹艺西游记（一组5件）

作者 周桂新、金英萍

竹根雕作品《竹艺西游记》取材自《西游记》的代表性情节，设计了“定海神针”“大闹天宫”“西天取经”“火焰山”“功德圆满”等5件小作。作品采用一段竹子进行整体制作，不断弯折、移位，再使用圆雕、浮雕技艺进行镂刻，并结合热弯、修整等工艺，构成了丰富多变的内容和形式。作品中，孙悟空、猪八戒等形象生动活泼，天兵天将活灵活现，就连细微处的花草树木也被精心雕刻出来，显示出作者高超的技艺。

【作者周桂新谈创作】

《竹艺西游记》是我与夫人金英萍共同创作的。俗话说“宁可食无肉，不可居无竹”，我们都非常喜欢竹子所象征的高洁品质，在竹雕作品创作过程中，我们也将自己对竹子的思考融入其中。多年来，我们深入学习、钻研竹雕传统雕刻技艺，并探索、尝试新的雕刻技法，总是在后一件作品中打破前一件作品的设计理念。一个典型的例子，是我们运用移位的雕刻技法，在一段竹子上“以小变大”“无中生有”，形成了独特的雕刻技法。在《竹艺西游记》中，我们让一段8毫米厚的竹子，在没有任何竹材料嫁接的情况下，变成了30厘米左右的厚度，而作品中细微的花草树木，就来自一次次弯折、移位后的创作。我们研究新技法，探索新思维，希望以我们的努力传承优秀的民间工艺。坚持创新是我们永远的方向。

周桂新

高级工艺美术师，浙江省工艺美术大师，浙江省非物质文化遗产项目“东阳竹根雕”代表性传承人。现任金华市非物质文化遗产生产性保护基地（竹雕）主任。荣获国家级、省级和市级大奖60余项。

金英萍

高级工艺美术师，金华市工艺美术大师。荣获国家级、省级和市级大奖50余项。

那个年代

（一组5件）

作者 田洪波

《那个年代》系列作品，以桃核为原料，利用桃核天然纹理结构构思雕刻，使用了圆雕、浮雕、镂空、镶嵌等雕刻手法。创作灵感来源于“那些年代”的生活场景，以木制小推车、马车、大丰收拖拉机、大拖拉机、“二八大杠”自行车等为创作对象，反映了“那些年代”的生活场景。作品趣味盎然，引人入胜。

田洪波

中国工艺美术协会中青年人才专业委员会副主委，山东省工艺美术协会常务理事，山东省核雕专业委员会主任。潍坊核雕界领军人物，核艺堂核雕工作室创始人，曾多次为国家机关单位制作红木办公家具及工艺品。2012年9月成立核艺堂核雕艺术馆，是潍坊第一所私人核雕主题艺术馆。

【作者田洪波谈创作】

《那个年代》系列作品可以算是“十年磨一剑”的创作。从2012年春节前夕下刀雕刻《满载而归》，到2022年创作完成《恋》，这个系列正好历时10年，完成了一组5件作品。在这组作品中，我雕刻了小推车上满载的年货、驾驶马车的老者和怀抱婴儿的妇人、拖拉机上丰收的粮食、“二八大杠”自行车等，这些我们曾经非常熟悉的、独属于“那些年代”的景观。我一直认为，一名优秀的核雕艺人，必须具备创意思维和足够的耐心。有了好的创意，核雕作品才会有特色，才会有自己的风格；有了足够的耐心，才能在桃核的方寸之间完美展现自己的创意。《那个年代》系列作品就体现了我对核雕创作的态度。

第十六届中国民间文艺山花奖

山花烂漫　匠心筑梦

入围作品

第十六届 中国民间文艺山花奖

入围作品

优秀民间文艺学术著作 （排名不分先后）

序号	省份	作品名称	作者
1	贵州省	《功·事·礼：冀南的乡村打醮》	李生柱
2	山东省	《青州农民画艺术研究》	赵世华
3	重庆市	《百年折扇——重庆荣昌折扇制作技艺的多元传承研究》	张洁
4	青海省	《二十四节气与礼乐文化》	霍福
5	广东省	《潮汕英歌舞研究》	吴绚婷
6	浙江省	《关于广东醒狮传承的社会史考察》	彭伟文
7	江苏省	《吴罗》	李海龙、吴眉眉
8	江苏省	《历代梁祝史料辑存》	路晓农
9	安徽省	《林在峩〈砚史〉笺证暨清中前期闽地爱砚家丛论》	吴笠谷
10	山西省	《山西民间文学史》	段友文
11	云南省	《董永传说在西南的传播与认同 ——彝文珍本〈董永记〉搜集整理与研究》	普学旺
12	湖北省	《民间故事资源转化研究》	徐金龙
13	陕西省	《西安易俗社与秦腔的现代转型（1912—1949）》	李有军
14	福建省	《中国民间音乐故事的类型分析与文化透视》	黄若然
15	上海市	《二十世纪初中国白话文学研究及当代意义》	李小玲
16	江苏省	《民间传说景观叙事谱系与景观生产研究： 以“白蛇传传说”为考察中心》	余红艳

续表

序号	省份	作品名称	作者
17	福建省	《玉雕学》	何马
18	北京市	《民间歌谣与社会记忆（1919—1949）》	毛巧晖
19	江苏省	《遗产的旅行：中国非遗的北美之路》	李牧
20	河北省	《河北民间文艺史》	郑一民
21	天津市	《杨柳青木版年画的戏曲文物价值与戏曲传播价值研究》	洪畅
22	山东省	《手艺深描——社会转型中杨家埠木版年画的艺术人类学研究》	荣树云
23	上海市	《假病：江南地区一个村落的疾病观念》	沈燕
24	四川省	《神圣与世俗之间：中国厕神信仰源流考》	刘勤
25	四川省	《羌族史诗说唱传统研究》	陈安强
26	北京市	《夷陵“讲古”的文化诗学——下堡坪民间故事传承研究》	王丹
27	甘肃省	《河西宝卷研究》	李贵生
28	辽宁省	《玄纸绘——中国纸上刀绘文化记》	王静
29	辽宁省	《内蒙古民间文艺搜集整理史研究（1947—1966）》	刘思诚
30	浙江省	《中国工匠·匠心木竹》丛书	徐华铛
31	北京市	《唐卡造像量度美学理论与艺术实践研究》	刘冬梅
32	陕西省	《隐喻的身体——血社火民俗考察手记》	张西昌
33	内蒙古	《蒙古部族服饰图典（第二卷）》	郭永明
34	湖南省	《绣色十八洞：婚嫁苗绣艺术传承与创造性转化》	杨勇波
35	浙江省	《中日手工艺文化保护及传承经验比较研究》	钟朝芳、陈敏南
36	江西省	《赣南客家传统村落的保护及振兴》	陶晓俊

优秀民间文学作品 （排名不分先后）

序号	作品名称	作者
1	《九江民间故事》丛书（共 13 本）	张小莉、高平
2	《凌云排歌》（上、下卷）	梁杏云
3	《棘洪滩民间故事集》	刘好军
4	《郏县民间谜语选编》	王艳萍、王光洲
5	《娅王经诗译注》	黄金东、韦如柱
6	《常山喝彩词》	曾令兵、郑伟平
7	《雅尼雅嘎赞嘎》（上、中、下册）	傅永寿
8	《瓦氏夫人抗倭故事歌影印译注》	黄明标
9	《梨花朵朵开——缪丹新故事选》	缪丹
10	《天上掉下红苹果》	鲁永平
11	《真正的“风水宝地”》	孙华友
12	《两家店》	庄桂良
13	《值钱的文物》	梁柱生
14	《穿越时空的明信片》	梁易
15	《善报》	黄平
16	《韩璹放榜》	秦加倪
17	《纯属意外》	陆惠明

优秀民间艺术表演作品（排名不分先后）

序号	省份	作品名称	表演单位
1	辽宁省	《盛世鼓舞》	辽宁省抚顺市地秧歌民间艺术团
2	安徽省	《花鼓灯舞出幸福来》	安徽省怀远县文化馆
3	山东省	《长勺鼓乐》	山东省济南市莱芜长勺锣鼓艺术团
4	山东省	《乐翻了天》	山东省胶州市文化服务中心
5	湖北省	《土家摆手歌舞》	湖北省恩施土家族苗族自治州民间文艺家协会
6	广　西	《壮鼓庆丰收》	广西马山县百龙滩镇勉圩村农民会鼓队
7	陕西省	《韩城行鼓》	陕西省韩城市文化馆、陕西龙门钢铁有限责任公司职工行鼓队
8	青海省	《热贡拉则》	青海省黄南藏族自治州文化馆
9	内蒙古	《巴林罕山颂》	江嘎组合
10	黑龙江省	《远古传说》	黑龙江省杜尔伯特民族歌舞传习中心远古传奇乐团
11	江苏省	《高淳秧歌》	江苏省南京市高淳区红树林文化艺术团
12	贵州省	《五月蝉儿唱歌声声入我心》	贵州省榕江县文体广电旅游局
13	云南省	《阿噻调》	云南省楚雄彝族自治州民族艺术剧院
14	青海省	《上有云雾环绕山》	青海省黄南藏族自治州文学艺术界联合会
15	新　疆	《我的百灵鸟》	新疆克孜勒苏柯尔克孜自治州歌舞团

优秀民间工艺美术作品 （排名不分先后）

序号	省份	作品名称	作品类别	作者
1	河北省	《国泰民鞍》	马鞍	赵莹、赵国翔
2	河北省	《家园》	剪纸	王志善
3	山西省	《忠义千秋》	堆花	李卫东、刘孝萍、王小艳、李云龙、张虎栋
4	内蒙古	《黄河岸边是故乡》	剪纸	康枝儿
5	内蒙古	《国家的孩子》	剪纸	贾玲凤、屈萍
6	辽宁省	《雏鹰展翅》	皮雕	丛龙强、陈志鸿
7	辽宁省	《潮》	玉雕	唐帅
8	辽宁省	《深山访友图》（一组 6 件）	贝雕	金阿山、张义
9	黑龙江省	《寅卯连福》（一组 2 件）	鱼皮剪纸	宋成玲、李俊锐
10	上海市	《五福献寿・小叶紫檀绣眼笼》（一组 2 件）	南派鸟笼	陈传发
11	江苏省	《丝绸之路・西出长安》	刺绣	姚悦华、姚兰、姚卓
12	江苏省	《静水流深》	金属工艺	王克震、姜炤
13	江苏省	《“梅之韵”立雕檀香宫扇》	宫扇	邢伟中
14	江苏省	《凤仪九天花坛》	陶瓷	方卫明
15	江苏省	《中华民族・生生不息》	核雕	宋水官、宋梅英
16	江苏省	《青墩印象》	剪纸	耿学彬
17	江苏省	《吉光片羽》	面塑	蔡晓霞
18	江苏省	《敦煌莫高窟第 45 窟绣像》系列	刺绣	邹英姿

续表

序号	省份	作品名称	作品类别	作者
19	江苏省	《无相》	紫砂	范伟群
20	江苏省	《辟邪·守护》	玉雕	张清雷
21	江苏省	尔若盛开系列之《禅荷影思》《傲雪铁骨》《荷韵》（一组3件）	刺绣	梁雪芳
22	江苏省	己亥《十竹斋笺谱》	其他	陈卫国、卫江梅、刘坤、赵诗恒
23	江苏省	《一团和气生新义》（一组46件）	木版年画	孙一波
24	浙江省	《国医馆的那些事儿》	剪纸	沈雷
25	浙江省	《春深万人家》	薄浮雕	杜菊芳
26	浙江省	《海上丝路·中华龙船》系列	木雕	童献松
27	浙江省	《海的生长》	青瓷	徐凌
28	浙江省	《雷峰塔下的故事》	竹根雕	俞田
29	浙江省	《胡杨之韵》	木雕	黄小明
30	浙江省	《万众一心》	石雕	潘金松
31	浙江省	《文姬归汉》	木雕	郑胜宁
32	浙江省	《生态共鸣》	刺绣	廖春妹
33	浙江省	《清明上河图》（一组6件）	彩石镶嵌	李成者、李庆龙、林志杰
34	安徽省	《渔樵耕读》	砖雕	吴正辉
35	安徽省	随形巧雕竹刻笔筒一套（一组3件）	竹雕	洪建华

续表

序号	省份	作品名称	作品类别	作者
36	安徽省	《长征》	刻铜	杜平
37	福建省	《觉法空相》	木雕	王福信
38	福建省	《百狮贺岁》	玉雕	王长坤
39	福建省	《福州印象之三坊七巷》	石雕	刘文伯
40	福建省	《鹤鹿同春》	猛犸牙雕	蔡奇龙
41	福建省	《晚晴老人》	陶瓷	庄少卿
42	福建省	纯银茶具《山水合璧》	雕塑	林陵祥
43	福建省	《丹凤朝阳》	陶瓷	李甲栈
44	福建省	《印象家乡》	石雕	张纯连
45	福建省	屏风《春暖花开》	漆线雕	沈锦丽、王本鑫
46	福建省	惠和影雕《兰闺雅集》	影雕	李亚华
47	江西省	《花团锦秀》	陶瓷	苏元阳、苏歆悦
48	江西省	《相府家宴》	陶瓷	张志刚
49	山东省	《蛋壳黑陶雨滴》	黑陶	刘锦波
50	山东省	《莲生》	木雕	崔艳
51	湖南省	《平安喜乐》	苗画	梁永福、梁德颂、梁金翠
52	湖南省	《姿态 5》	陶塑	钱正财
53	湖南省	《千里江山图》	湘绣	江再红
54	广东省	屏风《百鹤图》	珠绣	黄溢琳、黄伟雄

续表

序号	省份	作品名称	作品类别	作者
55	广东省	《铠甲瑞狮》（一组 2 件）	瓷板画	刘绮雯
56	广　西	《北海老街》	贝雕	许承斌
57	广　西	《壮乡印象》	坭兴陶	郭梁、莫世金
58	广　西	《夏日野趣》仿生壶系列（一组 3 件）	坭兴陶	陆景平、陆宣兆、李丽玲
59	四川省	《三江风情》	竹刻	何素梅
60	四川省	《一带一路繁花似锦》	蜀绣	杨德全
61	贵州省	《牯藏节的传说》	剪纸	王少丰
62	贵州省	《阿榜嫁虎》（一组 3 件）	木雕	潘栋贵
63	云南省	《百花齐放新时代》	木雕	张金星
64	陕西省	《年年岁岁柿柿红》（一组 28 件）	漆艺	任晓东
65	陕西省	《沐浴阳光》	麦秆画	李雯
66	甘肃省	《陇原农耕图》（一组 8 件）	剪纸	马路
67	青海省	十二生肖扇面（一组 12 件）	唐卡	更登才让
68	青海省	《吉祥天母》	唐卡	叶旦加
69	新　疆	《转场》	布偶	王菊
70	新　疆	《阳光洒满幸福路》	面塑	王帆
71	燕京八绝专委会	《韶山》	屏风	柏群、王学兵、杨港
72	彩灯专委会	《祈福灯幢》	彩灯	韩伟明

优秀民间文艺学术著作

李生柱《功·事·礼：冀南的乡村打醮》

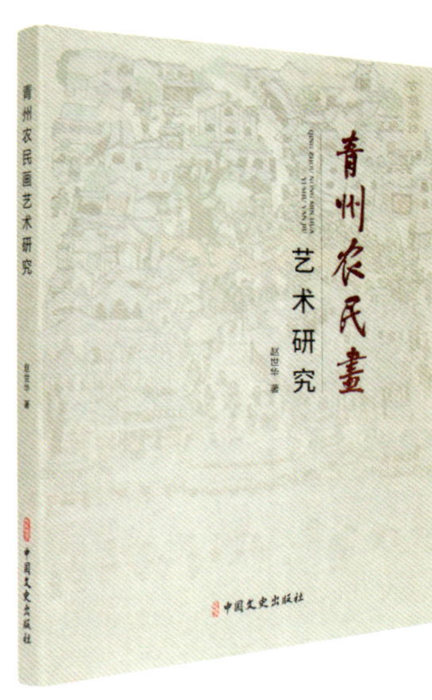

赵世华《青州农民画艺术研究》

张洁《百年折扇——重庆荣昌折扇制作技艺的多元传承研究》

霍福《二十四节气与礼乐文化》

吴绚婷《潮汕英歌舞研究》

彭伟文《关于广东醒狮传承的社会史考察》

李海龙、吴眉眉《吴罗》

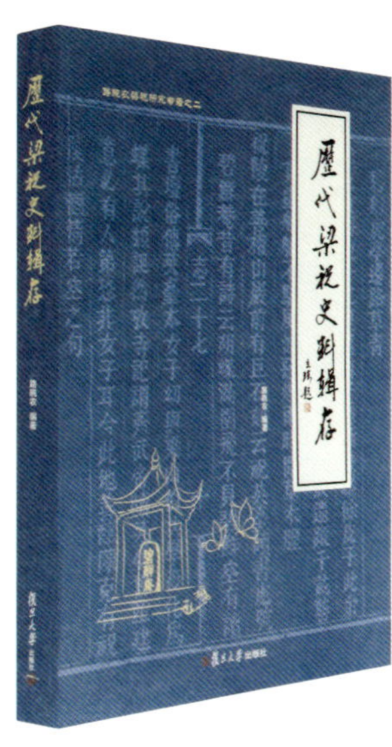

路晓农《历代梁祝史料辑存》

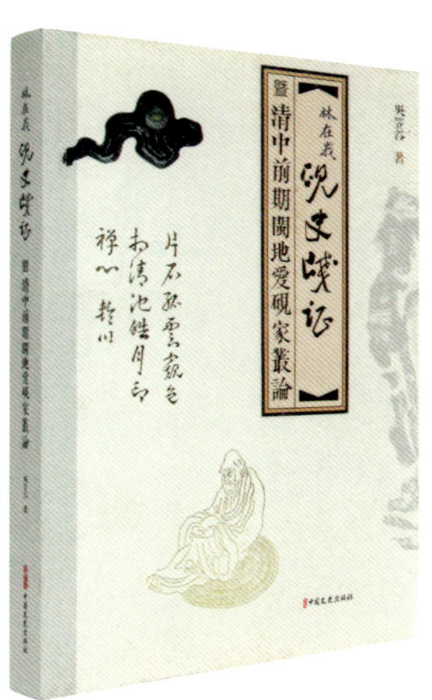

吴笠谷《林在峩〈砚史〉笺证暨清中前期闽地爱砚家丛论》

段友文《山西民间文学史》

普学旺《董永传说在西南的传播与认同——彝文珍本〈董永记〉搜集整理与研究》

徐金龙《民间故事资源转化研究》

李有军《西安易俗社与秦腔的现代转型（1912—1949）》

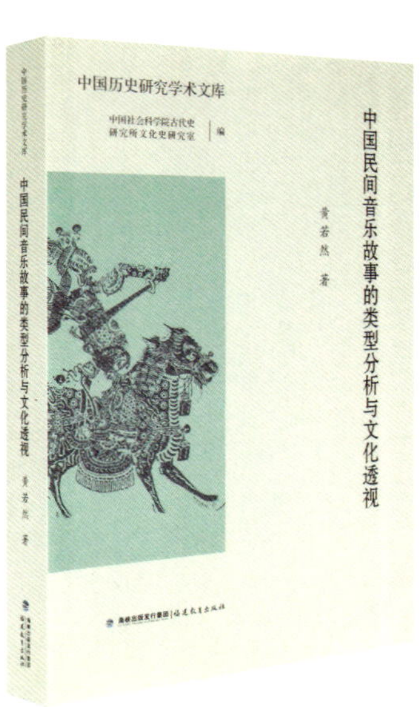

黄若然《中国民间音乐故事的类型分析与文化透视》

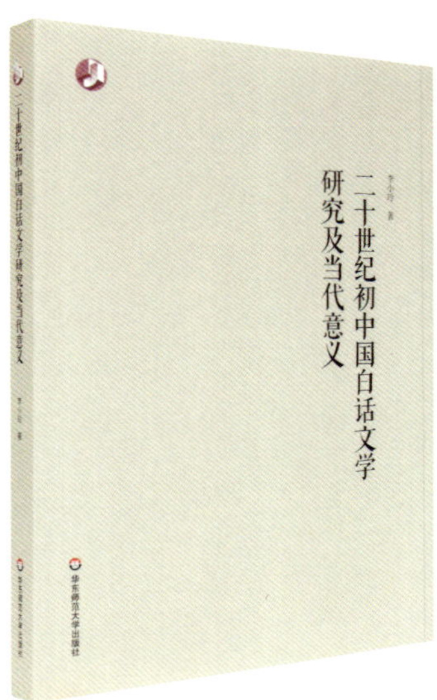

李小玲《二十世纪初中国白话文学研究及当代意义》

余红艳《民间传说景观叙事谱系与景观生产研究：以“白蛇传传说”为考察中心》

何马《玉雕学》

毛巧晖《民间歌谣与社会记忆（1919—1949）》

李牧《遗产的旅行：中国非遗的北美之路》

郑一民《河北民间文艺史》

洪畅《杨柳青木版年画的戏曲文物价值与戏曲传播价值研究》

荣树云《手艺深描——社会转型中杨家埠木版年画的艺术人类学研究》

沈燕《假病：江南地区一个村落的疾病观念》

刘勤《神圣与世俗之间：中国厕神信仰源流考》

陈安强《羌族史诗说唱传统研究》

王丹《夷陵“讲古”的文化诗学——下堡坪民间故事传承研究》

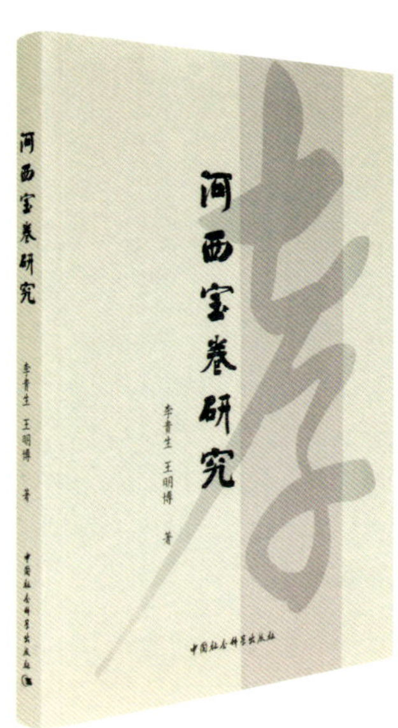

李贵生《河西宝卷研究》

王静《玄纸绘——中国纸上刀绘文化记》

刘思诚《内蒙古民间文艺搜集整理史研究（1947—1966）》

徐华铛《中国工匠·匠心木竹》丛书

刘冬梅《唐卡造像量度美学理论与艺术实践研究》

张西昌《隐喻的身体——血社火民俗考察手记》

郭永明《蒙古部族服饰图典（第二卷）》

杨勇波《绣色十八洞：婚嫁苗绣艺术传承与创造性转化》

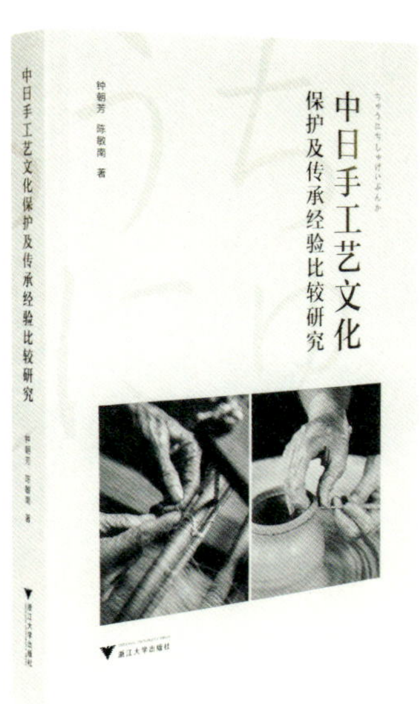

钟朝芳、陈敏南《中日手工艺文化保护及传承经验比较研究》

陶晓俊《赣南客家传统村落的保护及振兴》

优秀民间文学作品

张小莉、高平《九江民间故事》丛书（共 13 本）

刘好军《棣洪滩民间故事集》

梁杏云《凌云排歌》（上、下卷）

王艳萍、王光洲《郏县民间谜语选编》

黄金东、韦如柱《娅王经诗译注》

曾令兵、郑伟平《常山喝彩词》

傅永寿《雅尼雅嘎赞嘎》(上、中、下册)

黄明标《瓦氏夫人抗倭故事歌影印译注》

缪丹《梨花朵朵开——缪丹新故事选》

鲁永平《天上掉下红苹果》

真正的“风水宝地”

1.双龙戏“朱”

朱建国是县招商局局长，他开完会走出县政府大楼时，夜幕已经降临了。他快步走到停车场，启动车子往家赶。

朱建国驾车行驶到一偏僻路段时，他的手机响了，他瞥了一眼车载屏幕，上面显示是“杨伟龙”。朱建国犹豫了一下，按下了接听键，杨伟龙热情洋溢的声音溢出扬声器：“朱局长，麻烦您停一下车吧，我就跟在您的车后面。”

杨伟龙是绿源镇镇长，两个人刚刚还在会上见过面，有什么话不能当面讲呢？朱建国一脚刹车，车子停在了路边。与此同时，一辆黑色轿车紧贴着朱建国的车屁股停住了。车门同时打开，两个人同时钻出车门，朱建国借着灯光定睛一看，来人正是杨伟龙。

朱建国一脸疑惑，问杨伟龙：“杨镇长，你找我有什么事？”

杨伟龙满脸堆笑，说：“朱局长，前几天贵公子结婚，您也不通知我一声，没能亲自登门贺喜，抱歉啦！”

说话间，杨伟龙四下望了望，就像变戏法一样，他手里突然多了个信封。没等朱建国反应过来，杨伟龙一抬手把信封塞进了车窗内。朱建国吃了一惊，此时杨伟龙已经钻回到自己车内，透过车窗，他笑嘻嘻地说：“朱局长，您就别客气了，这个算我补的礼啦...”话音未落，杨伟龙的车子已经跑出老远了。

望着杨伟龙的车消失在夜色中，朱建国只好钻回到自己车内。看着一个厚厚的信封躺在车座上，朱建国顺手拿起信封掂了掂，

孙华友《真正的“风水宝地”》

两家店

○庄桂良

向阳大街上开着一溜店铺，最火的就数“鄂香园”和“炖三江”两家店了，“鄂香园”位于街东，老板叫郭有财，主营鄂菜；“炖三江”位于街西，老板叫武连富，主打东北菜。

按说井水不犯河水，两家店的消费群体并不相同，可郭有财和武连富却明争暗斗了几十年，一直旗鼓相当难分高下。任谁也没有想到，一场突如其来的新冠疫情，打破了两人争斗的平衡，说好了大年初三开门的“鄂香园”一直在歇业，“炖三江”虽然正常开门营业了，但生意很冷清。

这天，“炖三江”的厨师张旺神秘地对老板说：“坏事背后有好事，彻底斗败‘鄂香园’的机会来了！”

武连富忙问：“什么机会？”

张旺眨着眼睛，如此这般向武连富献了一个“挖墙脚”之计。原来，“鄂香园”的老板郭有财，春节前去武汉看儿子，不幸染上了新冠病毒，至今未回。“鄂香园”迟迟不能开业，作为主厨的周喜却受不了了。周喜去年买了月供房，现在断供正急得坐卧不宁，如果借机搬走周喜，那么“鄂香园”的一面墙就算毁掉了。

武连富沉吟半晌，拍了拍张旺的肩膀，说：“好样的，你去找周喜探探口风，就说‘炖三江’敞开大门欢迎他。事情办好了，我不会亏待你的。”

张旺痛快地答应一声，便三步并作两步地出去了。

哪知，张旺去了没多久，却气呼呼地回来了。武连富问：“怎么样？”张旺说：“周喜那小子是木头人坐轿子——不识抬举，说您这举动是张三哄孩子——没安好心。”接着，张旺得意地告诉武连富，周喜正在跟人商谈去远海打鱼的劳务，只要他人一走，“挖墙脚”的目的自然而然就达到了。

武连富听了火往上涌，心想周喜这小子真是不知天高地厚，这事要是传扬出去，好说也不好听呀。怎么办？武连富决定亲自出面会会周喜。

见武连富气冲冲地来了，周喜情知说了过头话，不好意思地说：“我这段时间心情不好，万一哪句话呛了肺管子，您大人不记小人过，别往心里去呀。”伸手不打笑脸人，周喜这么一来，武连富话到了嘴边，又咽了回去。

张旺在一旁冷嘲热讽地说：“这么说，你同意加盟‘炖三江’了？”周喜脖子一梗，没好气地说：“这种忘恩负义的事，你说我愿不愿意做？”

武连富对张旺摆摆手，示意他别再斗嘴怄气了。武连富看着周喜，诚恳地说：“我是捧着一颗心来，真心希望你加盟‘炖三江’，有什么条件和要求尽管提，我保证满足。”

周喜愣住了，见武连富不像是在开玩笑，低头想了一会儿，认真地说：“武老板，谢谢您的好意，实不相瞒，我不能跳槽到‘炖三江’。”

武连富大感意外，忙问：“凡事必有道理，为什么呀？”

周喜看了一眼武连富，决定实话实说：“此事跟您无关，我不能去‘炖三江’是另有原因的。”原来，“鄂香园”的郭有财对周喜非常好，去年发现周喜买房交首付遇到难题，在资金紧张的情况下，破例预支了一年工资帮周喜搞定了住房，感动得周喜热泪盈眶。疫情下“鄂香园”前途未卜，周喜已经做了最坏的打算，即使非离开不可，宁可去远海做打鱼劳务，也不去“炖三江”，往“鄂香园”的伤

庄桂良《两家店》

本乡本土

穿越时空的明信片

○梁　易（浙江）

罗文斌在看到贴在大门上的那张邮件领取通知单时，先是一愣，接着就感到浊气上涌。通知单上，取件人的姓名栏写着罗小乔，那是他十年前就不幸夭折的女儿的名字。

小乔死的时候才 12 岁，十年后怎么可能还有人给她寄邮件？罗文斌黑着脸将通知单揉成一团，扔进了垃圾桶。

谁知过了两天，通知单再次出现。这一次罗文斌真的愤怒了。谁会接二连三搞这种见不得人的鬼把戏？邮局的通知单不是随便可以伪造的，思来想去，他把嫌疑对象锁定村里的老孙——老孙的儿子就在邮局工作，有“作案条件”。

和老孙结怨，事出有因。女儿去世后，罗文斌大受打击，为了化解悲痛，他全身心投入工作，生意越做越大。最近，他买下村里十几亩山林，打算开发一批高档别墅。把有钱人吸引过来，肯定能带动村里的经济。

没想到一切都很顺利，却遭到老孙等不少村民的反对。他们说造别墅要开山破土，那可是他们祖祖辈辈守护的山林，这怎么行？前些天老孙就带着几个村里的老人来罗文斌办公室闹，说他干的是断子绝孙的缺德事。“断子绝孙”四个字深深刺痛了罗文斌，但他看在对方都是长辈的份上，忍着没有发作。谁知老孙这么没有底线。

罗文斌越想越咽不下这口气，拿着通知单就去邮局了。

午饭时间，邮局刚好人不多。罗文斌找到老孙的儿子，“啪”的将通知单拍到桌上：“有话直接冲我说，不要拿我去世的女儿做文章！”

小孙一脸的莫名其妙，拿起邮

42　上海故事

梁易《穿越时空的明信片》

· 大城小事 ·

值钱的文物

□ 梁柱生

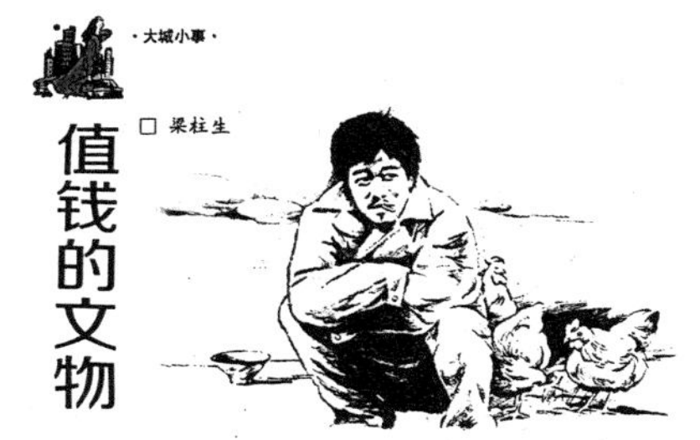

光棍封四是村里的贫困户，由县博物馆对口帮扶，联系人是馆长梁智。

梁智来到封家，里里外外察看了一番，发现墙角那儿有一只肮脏的青釉瓷碗，便拿起来仔细地看了看，接着竟然两眼放光地用指甲刮掉上面的污垢，继续仔细端详。

梁智看得津津有味，忽然问："这碗是干吗用的？"

封四说："喂狗用的。"

"狗呢？"

"吃掉了。"封四没好气地说了句。他心想，文化人就是怪，居然对一只喂狗碗感兴趣。唉……自己运气孬，让一个清水衙门来帮扶，刚才送的都是啥子嘛，一袋米，一桶油，两百块钱，跟打发讨饭的似的，哪像村里的潘七，县财政局来帮扶他，财大气粗，一给就是两三万块钱，让他养了一大群羊。

梁智逛完封家，对封四说："你屋后有片山林，可以发展芦花鸡养殖……"

"说得轻巧，哪来的本钱嘛！"封四又是没好气地说。

梁智想了想，说："这样吧，你把这只喂狗碗卖给我，我给你一万块钱，你就用这钱买来鸡苗发展养殖业。"

啥子，这只喂狗碗值一万块钱？封四瞪大了眼睛，生怕对方后悔，立马答应："行！可我上哪儿去买这么多鸡苗呀？"

"我帮你联系。"梁智说着掏出手机打电话。不一会儿，有个农业有限公司送来了价值一万元的芦花鸡苗四百只。

梁智把一摞扎好的现金交给封四，让他给送鸡人。这可是一万元，封四从来没拿过这么多钱，手都有些发抖。可钱还没有拿热，就又交给送鸡人了，封四只得眼巴巴地看着那钱。

买回鸡后，梁智说："这些小鸡，只要你好好养，五个月后就能长成四五斤重的成年鸡，到时公司负责收购，两百元一只。四百只就是八万元，扣除各种成本，你至少能赚五万块钱。"

梁智走后，封四只听到满耳的鸡叫声。家里没有喂鸡的东西，怎么办？他只好扛上一把锈迹斑斑的铁锹，引上鸡群，到荒芜多时的坡地上挖蚯蚓喂鸡。

此后，封四天天上坡掘蚯蚓给鸡吃，不知不觉，就把自家的坡地翻了一遍，于是他又趁机种上了玉米。玉米越长越高，芦花鸡也越长越大，很快就有两斤多重了。

这天，封四实在嘴馋不过，就想杀鸡吃，也顾不得留着卖了。他

· 大千世界 众生百相 ·

逮鸡时，正好遇上在他屋后山林里放羊的潘七，两人聊起天来。得知那只喂狗碗被梁智以一万元的价格买走后，潘七跺着脚道："哎呀，你亏惨了！我从网上看到，有人也是到乡下买了一只喂狗用的碗，结果咋样？是青釉瓷的，价值一亿元！"

"一亿元是多少？"封四不解地问。

潘七回答说："就是一万捆一万元哪！你家有一只喂狗碗，就是亿万富翁了，还要扶啥子贫！"

封四后悔不迭，懊恼地说："可我已经卖掉了……"

潘七捶了他一拳，嚷道："快反悔呀！梁智这哪是买，简直是抢，还打着帮扶的幌子！你把他的电话号码给我，我给他打电话，咋能这样欺负咱乡下人！"

封四连忙去把联系卡拿来，上面有梁智的手机号。潘七把手机拨通后说，他是封四的朋友，封四那只喂狗碗不卖了，想要回来。

"已经成交的买卖，咋能出尔反尔！"梁智不悦道。

潘七舰着脸说："不好意思，那是人家的传家宝，虽说用来喂狗……"

那头的梁智沉默半晌，说："好

24　　故事会2020年·冬　25

梁柱生《值钱的文物》

善报

○黄平

这天，东华寺的住持了恩大师上华山会友。春光明媚，鸟语花香，了恩一路欣赏美景，到了半山腰感觉有点累了，就坐在石板上歇脚。忽然，身后传来一声响，他回头一望，见十米开外有一棵松树，树身拴着一根麻绳，延伸到悬崖之下。

了恩常在山中行走，知道这是有人下去采药了。他上前一看，大吃一惊，只见紧绷的绳子上有个裂口，正"吱嘎"作响，眼看就要断了。情况紧急，了恩赶紧伸手牢牢拽住绳子，一刻也不敢放松。

过了半炷香工夫，绳子晃动加剧，一个采药人从悬崖下爬了上来。这时了恩四肢酸麻，再也支撑不住，一屁股坐在地上。采药人赶紧上前把了恩扶起，一问才知道是他救了自己。采药人是镇上药铺的郭郎中，医术精湛，医德高尚。了恩是得道高僧，豪放不羁，对岐黄之术也有造诣，两人一番交谈后，相见恨晚。这以后，了恩常到药铺与郭郎中品茶论药、谈古说今，郭郎中也经常让学徒送些果蔬到寺里给了恩尝鲜。

郭郎中有一个女儿，两个学徒。女儿秀秀年方十八，温柔孝顺，大学徒伍清聪明机灵，二学徒石晨勤奋肯干。自从郭郎中差点出事后，三个年轻人都不让他再去冒险，采药之事交由石晨负责。

这一天，了恩来到药铺。品过茶后，郭郎中讲起了自己的心事。他的祖师爷有个规矩代代相传：每个郎中只能收一个徒弟，宁缺毋滥，杜绝庸医。现在伍清和石晨两个学徒都很优秀，各有所长不分伯仲，究竟收谁为正式徒弟传承衣钵，他一直犯愁，想听听了恩高见。

了恩听后，不假思索地说："肯定是石晨，他继承你的衣钵是最好不过。"

郭郎中问起原因。了恩说："往日伍清送东西到寺院，都是放下就走，从不逗留。而石晨不一样，他会陪老衲聊天解闷，挑水劈柴。医者仁心，依老衲之见，石晨宅心仁厚，是最佳人选。"

郭郎中点点头说："大师所言极是，不过他们两个我都满意，如果我收石晨为徒，就把秀秀许给伍清，做到一碗水端平，你看如何？"

了恩却不认同："你这就不对啦！这不是分财产，何来一碗水端平？你选徒弟你做主，秀秀的夫君要她自己决定，也许徒弟女婿是同一个人呢，一切皆是缘分。"郭郎中茅塞顿开，说："多谢大师指点！"

过了段时间，郭郎中又和了恩聊起这事。了恩得意地说："老衲看人还是很准的，石晨这孩子清澈淳朴；伍清呢，老衲却看不透，似乎有点邪性。"

郭郎中想了想，说事关重大，自己还要考虑一番。

这天早上，郭郎中叫来伍清，让他送些新鲜蔬菜去东华寺，同时给了恩大师捎句话，告诉他：三天后是个吉日，自己有重要事情宣布，请他来作个见证。

伍清走后不久，石晨也进山采药去了，可是到了天黑，武清回来了，石晨却没回来，以前从来不会这样。郭郎中眼皮直跳，有一种不祥之感。第二天一早，他就叫起伍清和秀秀，准备进山去寻找。

大家刚要出门，却见了恩急匆匆地来了。郭郎中焦急地说："大师，你来得正好！石晨昨天进山采药，到现在还没回来，急死我了，正要去找呢！"

了恩一跺脚，说道："不好

55

黄平《善报》

中国故事节 金堂廉政故事会优秀作品集

韩琦放榜

四川｜秦加倪

"韩滩春涨"是金堂八景之一。韩滩这个地名，现在的金堂人都知道的，梅林公园外的这一大片水域。

宋时，沱江已经是重要的水道交通枢纽。由于长期以来水流冲刷，河道沙石淤积，船舶航道阻塞。

那时，这个地方还属潼川府管辖。

为了使沱江顺利通航，潼川府转运使韩琦微服亲临金堂。

韩琦在江边临江茶楼坐了五天。四川人的茶馆，摆龙门阵的地方。上到朝政，下到地方风气，张家李家夫妻怄气，大事小事，鸡毛蒜皮，如风过耳。自然，这几天，茶馆里热聊的就是疏浚沱江的工程招包。其实，韩琦已经注意到，西蜀几大富豪，骑马乘轿，早奔金堂，陆续坐进临江茶楼。韩琦觉得时机

秦加倪《韩琦放榜》

纯属意外

○陆惠明

张阿四是个送货员，每天骑着电瓶车帮人家送货，跑一次就挣一次的钱，所以他争分夺秒，抓紧时间送货。

那天他接了一单生意，急忙赶往目的地，转弯的时候，突然边上冲出来一辆电瓶车，张阿四躲闪不及，也来不及刹车，两辆车撞在了一起。张阿四倒在地上起不来，肇事车主连忙过来将他扶起来，问他有没有受伤。

张阿四咧着嘴，摸着胸，抬头一看，不由得一惊，撞他的不是别人，是以前的老同事林木森，他惊讶地盯着林木森，一时哭笑不得，埋怨道："林木森啊……你……你为啥车子开得这样快？"

林木森也惊得睁大了眼睛："张阿四！怎么是你？"两人顾不得寒暄，林木森慌忙上前一个劲地问他有没有伤着，要不要去看医生。两人自从单位解散后就没见过面，不想以这种方式相遇。

张阿四说胸口有点痛，可能是被手柄撞了一下。林木森听后忙要送他去医院。但张阿四说自己能坚持，因为手上有要送的货，人家等着急用，送完了货再去医院。林木森说："那你送完货一定要去医院，花多少医药费告诉我，我不会少你一分钱，这是我的手机号，有事尽管打我电话。"张阿四说行，同时也把他的联系电话给了林木森。

张阿四送完货胸口没那么疼了，心想休息休息可能就好了，于是就没去医院，回家了。

晚上妻子王晓云回来见张阿四在家，就问他今天怎么回来这么早。张阿四就把与林木森撞车的事说了一遍，妻子叮嘱他如果明早不见好一定要去医院看看。

张阿四点头说好。其实张阿四不想去医院看病是有原因的，林木森家里困难，他的妻子有病常年不能干活，家里就靠他一人挣钱养家，张阿四不想让他为难。

一觉醒来，张阿四感觉胸痛没有改善，上午依旧坚持去送货了，可下午就有点吃不消了，他决定去医院看看。他想好了，就是去医院看病，也不能告诉林木森，不能让他出钱。再说了，如果没有骨折啥的也用不了几个钱。

去了医院，医生让他做了CT。医生看了看片子，说还好，没有骨折和大的损伤，只是软组织受伤，吃点药休养几天就没事了。张阿四听了心里就踏实了，自己没有大碍，林木森知道了也放心。他想得出神，眼神就直直地盯着医生。医生见他盯着自己，以为他不相信自己的话，就说："你要是有怀疑，正好有个上海专家在，你把片子给他看看。"

张阿四缓过神来，这时，正好那个上海专家进来了，医生就把片子递给了上海专家。专家拿着CT看了一会儿，就跟医生小声地交流了起来。交流完，专家转过脸，跟张阿四说："我刚才看了你的片子后，你的胸部确实没有骨折，但是你的肺部被撞伤了，这个位置一般很难看出来。因为你长期抽烟，肺部变得很脆弱，你这一撞，肺就受伤了。"张阿四连连点头："我是抽烟十几年了。"专家抬起头跟他说："这样吧，你先住院，进一步检查一下，然后再确定怎么

12

陆惠明《纯属意外》

优秀民间艺术表演作品

《盛世鼓舞》辽宁省抚顺市地秧歌民间艺术团

《花鼓灯舞出幸福来》安徽省怀远县文化馆

《长勺鼓乐》山东省济南市莱芜长勺锣鼓艺术团

《乐翻了天》山东省胶州市文化服务中心

《土家摆手歌舞》湖北省恩施土家族苗族自治州民间文艺家协会

《壮鼓庆丰收》广西马山县百龙滩镇勉圩村农民会鼓队

《韩城行鼓》
陕西省韩城市文化馆、
陕西龙门钢铁有限责任公司职工行鼓队

《热贡拉则》
青海省黄南藏族自治州文化馆

《巴林罕山颂》江嘎组合
蒙古族乐队表演者：青格勒、阿斯亚、江层卓玛、包·格日勒图、海力斯、戴青松、额尔敦图古日格

《远古传说》黑龙江省杜尔伯特民族歌舞传习中心远古传奇乐团
表演者：阿如娜、萨如拉、包迎春、呼格吉乐图、白青格勒图、张朝勒门、青山

《高淳秧歌》江苏省南京市高淳区红树林文化艺术团
表演者：沈云、夏小玲、张红玉、陈豪、王力、叶帆

《五月蝉儿唱歌声声入我心》贵州省榕江县文体广电旅游局
表演者：吴礼平、杨维、王成敏、吴永平、杨秀桃、杨璐、杨琼英、杨葥、杨妮、杨江丹

《阿噻调》云南省楚雄彝族自治州民族艺术剧院
表演者：董静林、郭红娇、普艳喜、李溶玲、杨智苹、周凡儿、李思蓉

《上有云雾环绕山》青海省黄南藏族自治州文学艺术界联合会
表演者：本巴措

第十六届中国民间
优秀民间艺术表演
民歌 初评活动
主办单位：中国文学艺术界联合会　中国民间文艺家协会　内蒙古自治区党委宣传部
单位：内蒙古自治区文学艺术界联合会　中共乌海市委员会　乌海市人民政府
蒙古·乌海

《我的百灵鸟》
新疆克孜勒苏柯尔克孜自治州歌舞团
表演者：
买买提吐尔逊·马曼
拜坎·斯地克
拜合提亚·马夏
买买提吐尔干·艾色克
苏来哈·艾山巴依
阿依加尔肯·托合托库力
迪丽努尔·依布拉音
古丽巴哈·艾山
加尔肯白克·巴合提沙衣尔

优秀民间工艺美术作品

王志善　剪纸《家园》

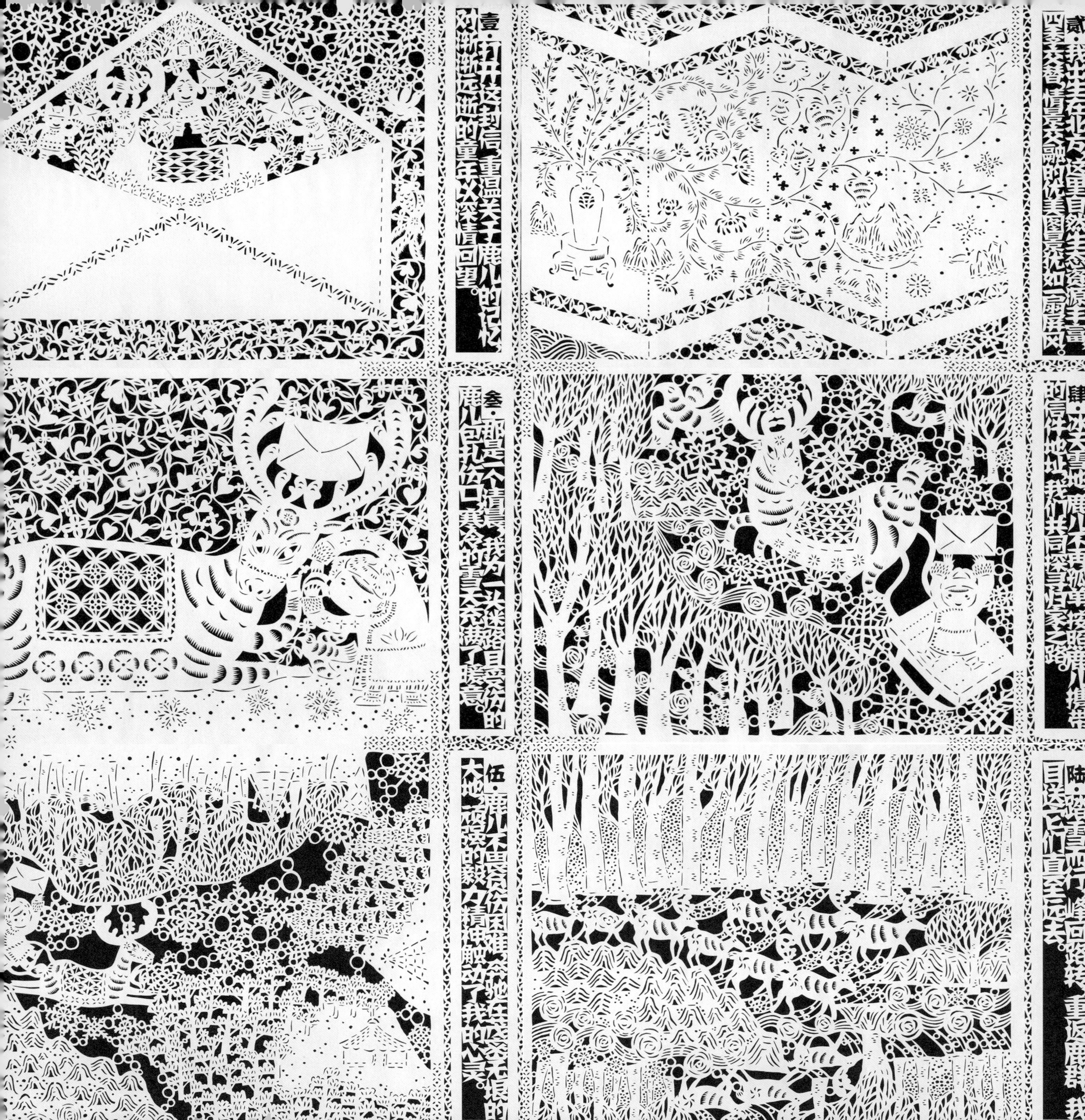

壹·打开这封信，重温关于鹿儿的记忆，对那遥远的童年又深情回望。
贰·我生在北方，这里自然生态资源丰富，四季交替，情景交融的优美图景犹如一扇屏风。
叁·那是一个清晨，我为一头迷路的鹿儿包扎伤口，寒冷的雪天充满了暖意。
肆·冰天雪地，鹿儿不再孤单，按照鹿儿携带的信件地址，我们共同踏上归家之路。
伍·鹿儿不畏艰险，奔赴生存的家园，大地之顽强的毅力精神触动了我的灵。
陆·踏雪巡山，峰回路转，重返鹿群，我目送它们直至远去。

康枝儿　剪纸《黄河岸边是故乡》

贾玲凤、屈萍　剪纸《国家的孩子》

李卫东、刘孝萍、王小艳、李云龙、张虎栋　堆花《忠义千秋》

赵莹、赵国翔　马鞍《国泰民鞍》

丛龙强、陈志鸿　皮雕《雏鹰展翅》

唐帅　玉雕《潮》

宋成玲、李俊锐　鱼皮剪纸《寅卯连福》（一组 2 件）

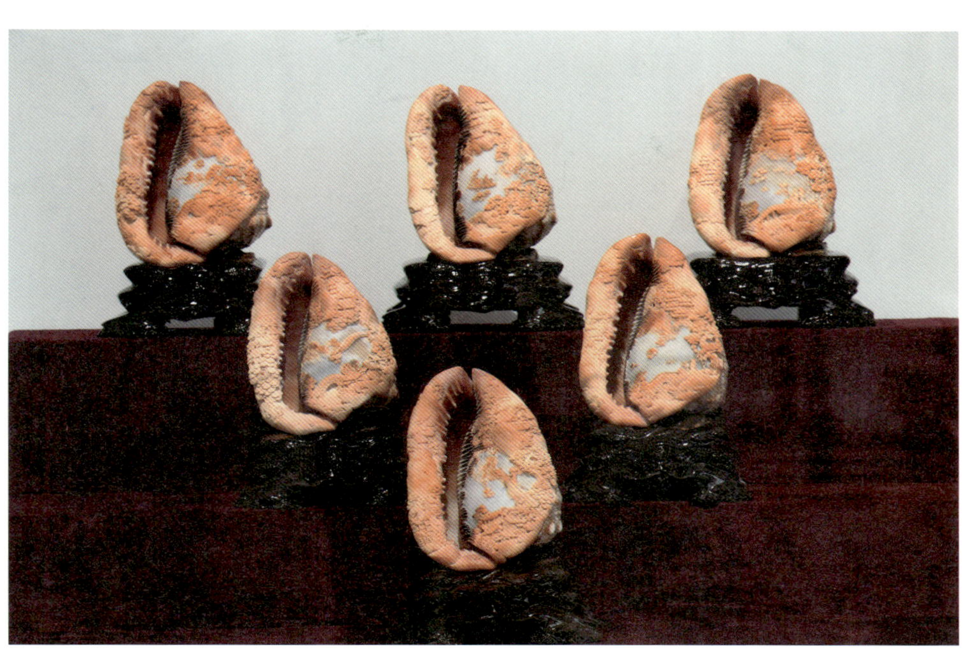

金阿山、张义　贝雕《深山访友图》(一组 6 件)

陈传发　南派鸟笼《五福献寿·小叶紫檀绣眼笼》(一组 2 件)

姚悦华、姚兰、姚卓　刺绣《丝绸之路·西出长安》

王克震、姜炤　金属工艺《静水流深》

邢伟中　宫扇《“梅之韵”立雕檀香宫扇》

方卫明　陶瓷《凤仪九天花坛》

范伟群　紫砂《无相》

宋水官、宋梅英　核雕《中华民族·生生不息》

蔡晓霞　面塑《吉光片羽》

张清雷　玉雕《辟邪·守护》

耿学彬　剪纸《青墩印象》

沈雷　剪纸《国医馆的那些事儿》

梁雪芳　刺绣尔若盛开系列之《禅荷影思》《傲雪铁骨》《荷韵》（一组 3 件）

陈卫国、卫江梅、刘坤、赵诗恒　己亥《十竹斋笺谱》

孙一波　木版年画《一团和气生新义》(一组 46 件)

邹英姿　刺绣《敦煌莫高窟第 45 窟绣像》系列

廖春妹　刺绣《生态共鸣》

童献松　木雕《海上丝路·中华龙船》系列

童献松　木雕《海上丝路—中华龙船系列》

杜菊芳　薄浮雕《春深万人家》

徐凌　青瓷《海的生长》

潘金松　石雕《万众一心》

俞田　竹根雕《雷峰塔下的故事》

郑胜宁　木雕《文姬归汉》

黄小明　木雕《胡杨之韵》

李成者、李庆龙、林志杰　彩石镶嵌《清明上河图》（一组6件）

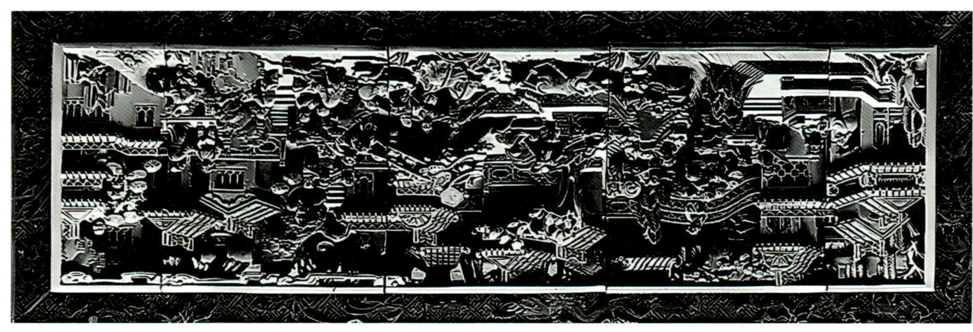

吴正辉　砖雕《渔樵耕读》

杜平　刻铜《长征》

洪建华　竹雕随形巧雕竹刻笔筒一套（一组 3 件）

王福信　木雕《觉法空相》

刘文伯　石雕《福州印象之三坊七巷》

蔡奇龙　猛犸牙雕《鹤鹿同春》

李甲栈　陶瓷《丹凤朝阳》

庄少卿　陶瓷《晚晴老人》

崔艳　木雕《莲生》

王长坤　玉雕《百狮贺岁》

林陵祥　雕塑《山水合璧》纯银茶具

张纯连　石雕《印象家乡》

沈锦丽、王本鑫　漆线雕屏风《春暖花开》

李亚华　惠和影雕《兰闺雅集》

苏元阳、苏歆悦　陶瓷《花团锦秀》

刘锦波　黑陶《蛋壳黑陶雨滴》

钱正财　陶塑《姿态 5》

何素梅　竹刻《三江风情》

张志刚　陶瓷《相府家宴》

梁永福、梁德颂、梁金翠　苗画《平安喜乐》

江再红　湘绣《千里江山图》

黄溢琳、黄伟雄　珠绣《百鹤图》屏风

许承斌　贝雕《北海老街》

寿兴祥
北興祥
永新
泰利號

刘绮雯　瓷板画《铠甲瑞狮》（一组 2 件）

陆景平、陆宣兆、李丽玲　坭兴陶《夏日野趣》仿生壶系列（一组 3 件）

郭梁、莫世金　坭兴陶《壮乡印象》

王少丰　剪纸《牯藏节的传说》

杨德全　蜀绣《一带一路繁花似锦》

潘栋贵　木雕《阿榜嫁虎》(一组 3 件)

张金星　木雕《百花齐放新时代》

任晓东　漆艺《年年岁岁柿柿红》
（一组 28 件）

李雯　麦秆画《沐浴阳光》

马路　剪纸《陇原农耕图》（一组 8 件）

叶旦加　唐卡《吉祥天母》

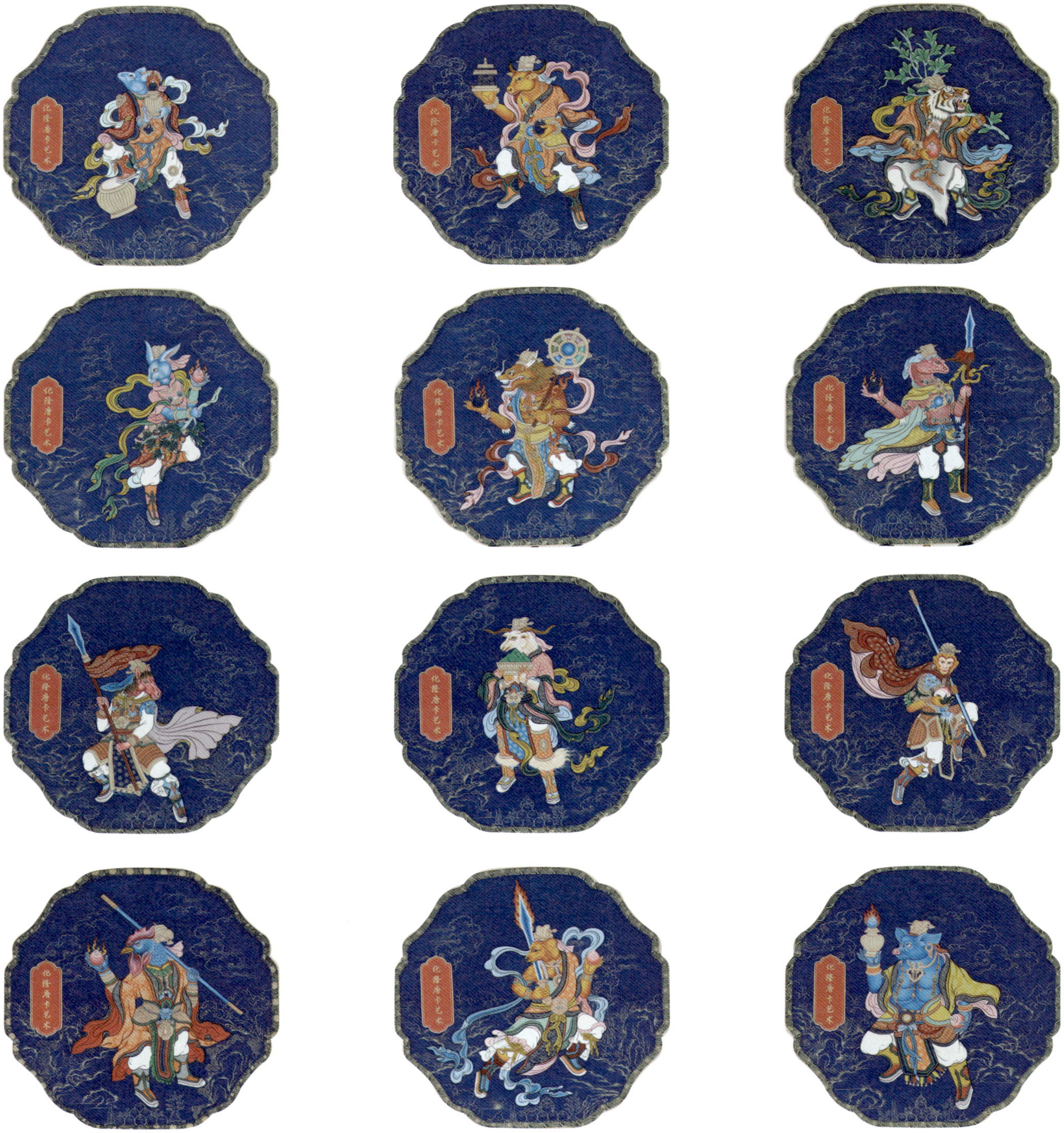

更登才让　唐卡十二生肖扇面（一组 12 件）

柏群、王学兵、杨港　屏风《韶山》

王帆　面塑《阳光洒满幸福路》

王菊　布偶《转场》

韩伟明　彩灯《祈福灯幢》

第十六届中国民间文艺山花奖

山花烂漫　匠心筑梦

评选现场

第十六届中国民间文艺山花奖·优秀民间文艺学术著作初评评审会
杭间
邱运华
万建中
郑土有

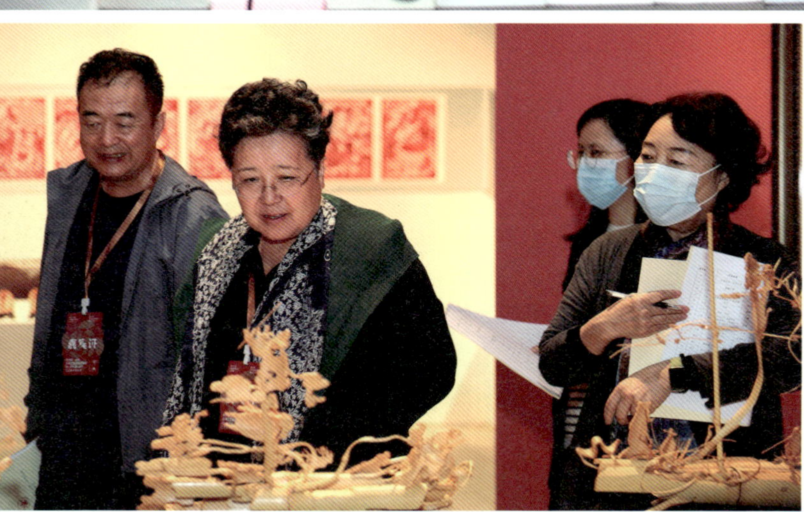

第十六届中国民间文艺山花奖·优秀民间工艺美术作品终评评审会

第四届-中国
民间工艺精品双年展
暨第六届-浙江
工艺美术双年展
山花奖
映山红奖

第十六届中国民间文艺山花奖·优秀民间艺术表演作品终评评审会

后记

2024年1月18日，由中国文学艺术界联合会、中国民间文艺家协会、福建省文学艺术界联合会、中共厦门市委宣传部联合主办的第十六届中国民间文艺山花奖颁奖典礼在福建省厦门市隆重举行。来自全国各地各民间文艺门类的艺术家、专家学者齐聚一堂，共襄中国民间文艺的丰收庆典。本届中国民间文艺山花奖结合多种形式共举办各类评选活动12次，共有160个作品入围，最终有20个作品荣获本届“山花奖”。其中，优秀民间文艺学术著作4项；优秀民间文学作品3项；优秀民间艺术表演作品5项；优秀民间工艺美术作品8项。本届山花奖颁奖典礼上，还为杨先让、郎樱两位民间文艺专家颁发“中国文联终身成就奖(民间文艺)”，以表彰他们毕生扎根田野、坚守本源、传承文脉，致力于中国民间美术、中国民族文学做出的开拓性贡献。

中国民间文艺山花奖是中国文学艺术界联合会和中国民间文艺家协会联合主办的国家级文艺大奖，是全国民间文艺最高奖，自1999年以来已经成功举办了16届。山花奖评选始终坚持贯彻“二为”方向和“双百”方针，以提高民间文艺作品的创作质量和艺术品位为宗旨，立足于表彰精品、鼓励创造、奖掖人才，推动了民间文艺事业的繁荣发展。

第十六届山花奖评选工作得到了中宣部、中国文联的指导和各省市民间文艺家协会的大力支持，一大批民间文艺工作者积极参与其中。参评作品集中反映了近两年来中国民间文艺创作的最新成果，展示出广大民间文艺工作者高度的文化自觉和文化自信。

继第十届、第十一届、第十二届、第十三届、第十四届、第十五届的中国民间文艺山花奖集锦画册编辑出版后，我们又精心策划了第十六届中国民间文艺山花奖集锦画册，以图文并茂的形式对本届评选出的优秀作品给予生动记录和展示，以期为历史存照，为民间文艺事业繁荣发展谱写辉煌。

画册编撰过程中，得到各省市民间文艺家协会的大力支持，在此表示衷心的感谢。由于时间仓促，难免有所疏漏，不妥之处敬请读者指正。

本书编委会